Petra Weise

Das Leben geht weiter

Erinnerungen

Bibliografische Information der Deutschen Nationalbibliothek
Die Deutsche Nationalbibliothek verzeichnet diese Publikation in der
Deutschen Nationalbibliografie; detaillierte bibliografische Daten sind im
Internet über http://dnb.dnb.de abrufbar

© 2017 Petra Weise
Herstellung und Verlag: BoD – Books on Demand, Norderstedt

ISBN 978-3-7431-2431-8

In einer Biografie ist alles wahr -
auch das Erfundene.

Wiedersehen im Westen

Susanne wälzt sich in ihrem Bett hin und her. Schließlich steht sie auf, geht in die Stube und schaltet den Fernseher an. Doch es laufen nur alberne Serien, nichts, was sie interessiert, nichts, was sie ablenkt. Sie nimmt sich ein Buch, kann sich aber nicht auf den Text konzentrieren. Sie geht zum Telefon und wählt die Nummer ihrer Eltern, die in Sachsen, in Ostdeutschland leben. Doch keiner hebt den Hörer ab, obwohl es drei Uhr morgens ist.
„Manfred, wach auf!" Susanne kauert sich neben das Bett ihres Mannes und legt ihre Hand auf seine Schulter.
„Ist was passiert?", fragt er schlaftrunken.
„Nein, nein. Nur meine Eltern gehen nicht ans Telefon."
Manfred tastet nach seiner Uhr. „Um diese Zeit? Was ist denn in dich gefahren?"
„Du weißt doch, dass heute sämtliche Grenzen geöffnet werden. Ab heute darf jeder ganz ohne Visum von Ost nach West reisen."

„Na und?"
„Ich glaube, dass meine Eltern auf den Weg zu uns nach München sind."
Manfred seufzt. „Von mir aus. Dann sind sie eben irgendwann hier." Er zieht sich die Decke über den Kopf und brummt: „Schlaf jetzt!"
„Wie kannst du an solch einem Tag schlafen?"
„Ich bin müde. Es ist mitten in der Nacht. Also lass mich jetzt in Ruhe!" Manfred dreht sich auf die andere Seite und seiner Frau den Rücken zu.
Susanne erinnert sich, dass alle ihre Freunde und die Kollegen ihres Mannes recht gefasst auf die Nachricht von der Grenzöffnung reagierten. Sie haben keinen Bezug zu irgend jemanden oder irgend etwas im Osten und demzufolge keinerlei Interesse an dieser Geschichte. Doch Susanne und Manfred wurden vor gut acht Jahren unter hochdramatischen Umständen aus der DDR freigekauft und mussten danach ein dreiviertel Jahr auf die Freigabe und Ausreise ihrer beiden Kinder warten, die im Osten bleiben mussten. Nun glaubt Susanne, dass ihre Eltern die vielleicht einmalige Gelegenheit nutzen, ihre Tochter in München zu besuchen.
„Dann schlaf!", faucht sie. „Ich fahre jedenfalls an die Grenze und warte dort auf meine Eltern."
Am liebsten hätte sie die Tür hinter sich

zugeworfen, doch sie beherrscht sich, um ihre beiden Kinder nicht zu wecken. Rasch zieht sie sich an. Als sie gerade aus der Wohnung schleichen will, steht Manfred neben ihr.
„Ich komme mit."
Susanne fällt ihm um den Hals und flüstert glücklich: „Ich liebe dich."
Während sich Manfred anzieht, geht sie ins Zimmer ihrer Tochter. Zuerst wollte sie nur einen Zettel für die Kinder hinterlassen, aber nun weckt sie das Mädchen. „Anett, wir fahren an die Grenze und hoffen, meine Eltern dort zu treffen. Ich weiß nicht, wie lange wir unterwegs sein werden. Im Kühlschrank ist Hackfleischsoße, ihr müsst nur noch Spaghetti kochen."
„Geht klar. Gute Fahrt. Bussi", kommt es schlaftrunken unter der Bettdecke hervor. Susanne küsst ihre Tochter und schließt leise die Tür. Sie muss sich keine Sorgen um ihre Kinder machen, ihr Sohn André ist sechzehn Jahre alt, Anett dreizehn.

Um 7:30 Uhr stehen Susanne und Manfred an der deutsch-deutschen Grenze in der Nähe von Hof zwischen vielen Menschen, die die Leute aus dem Osten begrüßen. Alle winken und lachen, doch viele von ihnen haben Tränen der Freude in den Augen. Ihnen kommt eine schier

endlose Karawane Trabis und Skodas entgegen und zuckelt langsam an ihnen vorbei. Die Leute in den Fahrzeugen haben ihre Fenster heruntergekurbelt und winken lachend heraus. Manchmal kommt die Kolonne ins Stocken. Dann springen die Leute aus ihren Autos und umarmen die nächstbesten Menschen. Susanne ärgert sich, nur zwei Bananen als Wegzehrung mitgenommen zu haben. Die hat sie dem Erstbesten geschenkt und hätte gern noch mehr Freude bereitet.
Plötzlich hält neben ihnen ein Moped, das einen Anhänger hinter sich her zieht. Der Mann steigt herunter und klopft seine Hände gegeneinander. Susanne sieht ihm an, dass er friert und geht auf ihn zu. Sie bietet ihm einen heißen Kaffee aus ihrer Thermoskanne an. Der Mann fällt ihr um den Hals und schreit: „Ich bin drüben! Ich fasse es nicht! Ich bin wirklich drüben!"
„Ich freue mich mit Ihnen." Mehr kann Susanne nicht sagen, weil sie sich so sehr mitfreut und sie einen dicken Kloß im Hals spürt. Möglicherweise hat er ebenso wie sie und Manfred die Zustände in der DDR nicht ertragen, die ständige Manipulation und Überwachung, der lähmende Krampf, nicht alles sagen zu dürfen.
„Ich will nach Stuttgart. Dort habe ich

Verwandte. Bei denen kann ich erst einmal unterkommen." Er zeigt mit dem Arm auf den Anhänger. „Mein Hausrat."

Susanne folgt mit den Augen, worauf der Mann zeigt, und sieht eine Waschmaschine, einen offensichtlich alten Sessel und eine Decke, unter der noch weitere Habseligkeiten versteckt sind. „Und wo kommen Sie her?"

„Aus Freiberg."

„Aus Freiberg? Wir warten auf meine Eltern aus Freiberg."

„Die Straße ist voll. Ich konnte mit meinem Moped manchmal ein Stück vorbei, Gegenverkehr gibt es schließlich keinen." Der Mann lacht. Dann fügt er ernst hinzu: „Wer weiß, vielleicht machen die die Grenze wieder dicht. Da muss man schnell sein und die Gelegenheit sofort nutzen." Er umarmt Susanne und Manfred noch einmal. „Also wenn Ihre Eltern nicht schon um Mitternacht losgefahren sind, stehen Sie sicher noch den ganzen Tag hier." Dann bedankt er sich für den Kaffee. „Ich muss los, kann es gar nicht erwarten."

„Ein Verrückter", bemerkt Manfred. „Wie will der mit dem Anhänger voller Gerümpel bis nach Stuttgart kommen?"

„Der schafft das. Der ist so glücklich, dass er notfalls läuft und den Hänger selbst zieht."

Susanne lacht. Sie kann einfach nur noch lachen bei den vielen glücklichen Gesichtern ringsum. Und doch schüttelt sie über den Mann den Kopf, der im Westen ein ganz neues Leben starten will, sich aber nicht von seinem alten Hauskram trennen kann.

Das vormals wohl einsamste Haus in ganz Deutschland so direkt an der Zonenrandgrenze erstickt heute in den Trabi-Abgasen. Susanne läuft immer wieder in das Haus und bittet einen Bewohner, ihre Eltern anrufen zu dürfen, doch nie heben die Eltern den Hörer ab. Das kann nur bedeuten, dass sie unterwegs nach München sind. Doch sicher ist sich Susanne nicht. Sie klingelt wieder an der Haustür, doch keiner öffnet. Eine Frau beugt sich aus dem Fenster und ruft: „Tut mir leid, aber wir hatten drei Stunden lang die Bude voller Menschen. Jeder wollte seine Verwandten anrufen und kaum einer hatte Geld dabei. Nun ist uns das alles zu viel."
„Glaubst du wirklich, dass deine Eltern hierher kommen?"
Susanne nickt, doch mittlerweile ist sie sich überhaupt nicht mehr sicher. Vielleicht machen die Eltern eine Urlaubsreise, von der sie nichts weiß.
„Von Freiberg bis hierher sind es keine 150

Kilometer. Selbst, wenn sie erst spät losgefahren wären, müssten sie längst hier sein." Ungeduldig stampft Manfred mit den Füßen auf. „Mir ist kalt."

„Mir auch."

Für November ist es zwar ungewöhnlich mild, doch durch das stundenlange Herumstehen fühlt sich die Luft inzwischen eisig an, die dicken Jacken wärmen nicht mehr. Wenn sie wenigstens genau wüsste, dass die Eltern wirklich kommen, wäre die ganze Warterei erträglicher.

„Und wenn sie nun eine ganz andere Strecke nehmen?", fällt plötzlich Manfred ein.

„Wie denn anders?"

Manfred zuckt mit der Schulter. „Ich will jetzt heim", bestimmt er.

„Wollen wir nicht noch ein wenig warten?"

„Nein, zehn Stunden sind genug. Wir fahren!" Manfred dreht sich um und stapft zum Auto, klopft mit den Armen um seine Schultern, um sich ein wenig aufzuwärmen.

Er drückt aus Ärger über den verkorksten Tag das Gaspedal bis zum Boden durch und verlässt kaum die Überholspur. Susanne mag es nicht, wenn er so rast, doch sie wagt nicht, sich zu beschweren. Sie überlegt, ob es wirklich noch andere Strecken und Straßen über die Grenze gibt. Oder ob die Eltern eine

Reise machen und gar nicht beabsichtigen, nach München zu fahren.
Bereits zwei Stunden später sind sie daheim.
„Ich koche uns erst einmal einen starken Kaffee", verkündet sie und hofft, damit Manfred wieder friedlicher zu stimmen.
In diesem Moment klingelt das Telefon.
„Susi, wir sind in Hof!" Die Stimme der Mutter überschlägt sich vor Freude. „Endlich."
„Wunderbar!"
Susanne wird von Verwandten und Freunden nur Susi gerufen.

Susi und Manfred fahren also noch einmal Richtung Nord-Osten und treffen wie am Telefon besprochen auf dem Bayreuther Parkplatz die Eltern. Die kriechen völlig erschöpft aus dem engen Wartburg, aber sie sehen glücklich aus. Susanne umarmt ihre Mutter. „Ich freue mich so sehr, dich zu sehen."
Sie durfte noch nie in den Westen reisen, während der Vater bereits im August seine Tochter und ihre Familie besuchen konnte. Er hat durch seine jahrelange Arbeit als Former Blei in der Lunge und ist wegen seiner schweren Erkrankung Rentner.
„Lasst das Auto einfach hier stehen und steigt bei uns ein", bestimmt Manfred. Er öffnet dem Vater die Beifahrertür, die Mutter steigt mit ihrer

Tochter hinten ein.

„In zwei Stunden sind wir daheim."

„So lange noch!", ruft die Mutter entsetzt aus.

„Ach, Susi, wir haben achtzehn lange Stunden bis Hof gebraucht, achtzehn Stunden im Schritttempo. Vati wollte mehrmals umkehren, doch das war auf den schmalen Straßen gar nicht möglich", erzählt sie.

„Und dann noch einmal zwei Stunden bis Hof. Mutti ist einfach in einen Gasthof und hat von dort angerufen", ergänzt der Vater.

Susi rechnet nach. Die Eltern müssen also genau in der Stunde oder gar Minute die Grenze erreicht haben, als sie sich entschlossen, zurück nach München zu fahren. Das ärgert sie sehr.

Die Kinder sind noch nicht im Bett, als sie daheim in München eintreffen.

„Uwe!", schreit die Mutter auf. Ihr Sohn wohnt und arbeitet in der Schweiz. Sie hat ihn während der letzten acht Jahre nicht sehen dürfen.

Auch Susi ist überrascht, ihren Bruder zu sehen.

„Anett hat mir am Telefon erzählt, dass ihr die Eltern abholt. Diese Gelegenheit konnte ich mir nicht entgehen lassen." Uwe lacht übers ganze Gesicht und umarmt seine Eltern.

Obwohl alle von der anstrengenden, ewig langen Fahrt und Warterei sehr müde sind, mag keiner ins Bett gehen. Susi bereitet einen kleinen Imbiss zu und Manfred bietet Getränke an. Zur Feier des Wiedersehens öffnet er sogar eine Flasche Sekt.

„Wir trinken auf diesen denkwürdigen Tag", verkündet er.

„Jetzt seid ihr nicht mehr in der DDR eingesperrt, jetzt seid ihr frei", bemerkt Uwe.

„Um frei zu sein genügt es, sich frei zu fühlen", antwortet der Vater.

„Ich konnte das damals im Osten nicht. Schon als Kind fühlte ich mich manipuliert, eingeengt und überwacht und fand das unerträglich." Susi hebt bedauernd die Schultern.

„Die wahre Freiheit kann man ohnehin nur wirklich begreifen, wenn man die Diktatur erkannt hat", schließt Manfred das Gespräch.

Am nächsten Tag machen sie einen kleinen Ausflug in die Innenstadt von München und holen bei dieser Gelegenheit die hundert Mark Begrüßungsgeld ab. Am Nachmittag bringen Susi und Manfred die Eltern an den Bayreuther Parkplatz, wo ihr Auto steht, während Uwe zurück in die Schweiz fährt. Er muss am nächsten Tag wieder arbeiten, die Mutter ebenso. Sie ist Lehrerin für Unterstufe und möchte dies auch weiterhin bleiben.

„Ich hoffe, dass die Grenze nicht plötzlich wieder dicht gemacht wird und wir uns nun öfter sehen können", sagt Susi.

„Und wenn schon." Die Mutter zuckt mit der Schulter. „Ich habe alles gesehen. Hier sieht es auch nicht anders aus als bei uns."

Susi ist fassungslos. Wie ist es möglich, dass die Mutter keinen Unterschied zwischen Ost und West sieht? Merkt sie nicht, dass es hier Farbe gibt, während Freiberg wie alle Orte in der DDR schmutzig grau ist? Die vielen ungewohnten Farben sind Susi damals als erstes aufgefallen, als sie über die Grenze fuhr. Selbst das Gras schien ihr grüner. Das lag sicher daran, dass Industrie- und Hausbrand nicht nur die Häuser, sondern auch die Natur mit einer grauen Schmutzschicht überzog. Früher hatte Susi geglaubt, dass es normal ist, wenn der Schnee sich nach nur einer Stunde graubraun färbt. Erst, seit sie im Westen lebt, weiß sie, dass der Schnee noch nach vielen Tagen und Wochen leuchtend weiß bleibt.

Unverhoffter Besuch

Am 14. Dezember klingelt es am späten Nachmittag an der Wohnungstür. Susi öffnet und steht völlig überrascht ihrer Schwester Ute mit ihrem Mann Harald und den beiden Kindern gegenüber.

„Kommt rein!", fordert sie die Familie auf, öffnet die Stubentür und zeigt auf das große Ecksofa. „Setzt euch!"

Ute zieht ihre Schuhe aus und bedeutet ihren beiden Kindern, es ihr gleichzutun.

„Bei uns zieht man die Schuhe nicht aus." Susi findet es entsetzlich, wenn man von den Leuten verlangt, die Schuhe auszuziehen und in Socken die Wohnung zu betreten.

Harald schleppt drei große Koffer in den Flur.

„Wir wohnen jetzt im Westen!", kräht der kleine Mathias.

„Ja.", bestätigt Harald. „Wir ziehen zu meinem Cousin nach Düsseldorf. Er hat in seinem Haus eine Wohnung frei für uns."

Susi läuft aufgeregt hin und her. Sie hat nicht gewusst, dass ihre Schwester mit ihrer Familie aus der DDR ausreisen wollte.

„Seit Egon Krenz an der Macht ist, hatte ich nur noch Angst", erklärt Ute. „Man weiß ja nie, was sich solche Leute ausdenken und hört nur Schreckliches. Deshalb beschlossen wir, zu Haralds Cousin nach Düsseldorf zu ziehen."

„Und das geht so einfach?", wundert sich Susi.

„Das ist jetzt kein Problem mehr. Wir konnten ganz normal ausreisen und sogar unsere Möbel verpacken. Du weißt ja, dass ich so schöne alte Stilmöbel besitze, die ich auf gar keinen Fall zurücklassen kann."

Susi nickt. Wenn die Ausreise in den Westen inzwischen so einfach wie ein normaler Umzug ist, sollte man wirklich seine Möbel mitnehmen. Bei ihrer Flucht vor neun Jahren hatte sie ganz ohne jedes Bedauern ihr gesamtes Hab und Gut zurück gelassen, denn alles, was für Geld zu haben ist, ist ersetzbar und somit ohne wirklichen Wert. Wichtig waren für sie die Familienfotos und ihre Zeugnisse, die Facharbeiterbriefe, Manfreds Abitur und sein Diplom. Das schickten sie vor ihrer Flucht aus der DDR an Manfreds Schwester, damit diese Unterlagen nicht verloren gingen.

„So dumm wie ihr sind wir eben nicht. Im Gegensatz zu euch achten wir unseren Besitz", erklärt Ute. Ihre Stimme klingt tadelnd.

Ute und Susi sind zwar Schwestern und im gleichen Elternhaus zusammen aufgewachsen, doch sie sind grundverschieden. Besitz und Ansehen haben Susi nie etwas bedeutet, während Ute sich über ihr Hab und Gut und ihre Arbeit definiert.

„Es freut mich, dass die Ausreise für euch so einfach ist", sagt Susi.

„Ihr hättet es ebenso leicht haben können."

„Ach ja? Und wie sollte das gehen?"

„Ganz einfach: Antrag stellen."
Susi schüttelt den Kopf. Obwohl sie weiß, dass es keinen Zweck hat, ihrer Schwester zu antworten, sagt sie: „Manfred arbeitete im Patentamt, man hätte ihn auf keinen Fall ausreisen lassen."
„Tja, das sind selbstgemachte Probleme", meint Ute lakonisch. „Jedenfalls wären wir niemals so verantwortungslos gewesen wie ihr und hätten unsere Kinder in Gefahr gebracht."
Susi weiß heute sehr wohl, dass sie ihre Kinder bei der Flucht in Gefahr gebracht hat. Doch damals war ihr das nicht klar. Man weiß nur das, was man wissen will.
Sie wollte schon etwas entgegnen, doch es zog ihr die Kehle zusammen, sie brachte kein Wort heraus.
„Wie kann man so blöd sein und zu Fuß mit der ganzen Familie über die Grenze latschen wollen?" Harald lacht.
Manfred zuckt mit der Schulter. Er spricht mit niemanden über diese Flucht und die grauenhafte Zeit im Gefängnis.
Susi sieht in Gedanken, wie sie damals mit Manfred, ihrem Bruder Uwe und den beiden kleinen Kindern einen Weg über die Grenze zwischen Bulgarien und Jugoslawien suchte.
Sie erinnert sich an die brutale Verhaftung und den verrohten Umgang im Gefängnis. Schnell

denkt sie dankbar an ihre Eltern, die während der gesamten Haftzeit und bis zur Freigabe die beiden Kinder aufnahmen.

Sie lächelt ihre Schwester an. „André und Anett ging es gut bei unseren Eltern." Über ihre eigenen Gefühle, ihre zehrende Sehnsucht, ihre Ängste spricht sie nicht.

„Ihr habt eure Kinder im Stich gelassen. Das werde ich als Mutter nie begreifen", tadelt Ute.

„Wir wollten vor allem wegen der Kinder weg. Keine Manipulation mehr ..."

„So ein tolles Bildungssystem wie in der DDR gibt es in der ganzen Welt nicht", unterbricht Ute.

Susi und Manfred sehen sich an. Sie wissen, dass Ute die ostdeutschen Erziehungsmethoden in Ordnung findet, schließlich ist sie selbst mit Leib und Seele Erzieherin, genau wie ihre Mutter.

„Und warum seid ihr dann weg, wenn alles so toll ist?", provoziert Manfred.

„Was nützt es, wenn man gut verdient, sich aber nichts kaufen kann, weil es nichts zu kaufen gibt? Jedenfalls nicht das, was ich haben will."

„Wieder geht es nur ums Geld", denkt Susi, sagt aber nichts.

„Ich hätte noch viel mehr verdient, wenn ich nicht wegen euch meine Stelle verloren hätte", schimpft Ute.

Ute ist gelernte Pionierleiterin und musste seit der Verhaftung ihrer Schwester als Erzieherin in einem Kindergarten arbeiten. Sie fühlte sich degradiert und wurde außerdem schlechter bezahlt.

„Du gibst also uns die Schuld daran und nicht dem System? Ich fasse es nicht!" Susi steht auf. „Jetzt mache ich Abendbrot."

Sie geht schnell in die Küche. Am liebsten hätte sie ihre Schwester angeschrien. Kann die sich nicht vorstellen, wie schwer es für sie war, fast zwei Jahre ohne ihre Kinder zu sein? Sie will Ute jetzt nicht sehen, doch die folgt ihr in die Küche.

„Wie immer haust du ab, wenn es Probleme gibt statt sich ihnen zu stellen und darüber zu reden", greift Ute erneut an.

Susi dreht sich um und schaut ihre Schwester an, dann verliert sie die Beherrschung und schreit: „Das größte Problem war Anetts Krankheit, die man in der supertollen DDR nicht heilen kann."

„Unser Gesundheitssystem ist Weltspitze."

Susi schweigt. Sie kann es nicht verhindern, dass ihr die Tränen kommen, wenn sie an die Zeit nach Anetts Geburt denkt. Die Kleine musste die ersten zehn Lebensmonate in verschiedenen Kliniken verbringen, ständige

Blutuntersuchungen und ohne Betäubung mehrere Leber-Punktionen aushalten. Das weiß schließlich auch Ute. Helfen konnte man Anett nicht, weil das nötige Medikament ein Kontingentmittel war, das für teure Devisen aus der BRD beschafft werden musste. Doch Susi und Manfred hatten laut staatlicher Auskunft keinen *bevölkerungsbedarfsgerechten* Beruf, weshalb Anett auf keiner Dringlichkeitsliste stand.

Dies Ute zu erklären bringt nichts, denn sie glaubt nur das, was sie schon weiß und weiß es sowieso besser.

Susi seufzt. Anett fehlt komplett das Urvertrauen, was für eine gesunde Entwicklung die Basis ist. Nach der Entlassung aus der Klinik war es ihre eigene Mutter, die sie jeden Monat in die Klinik brachte zur Kontrolle der Blutwerte. Sie schrie aus Leibeskräften, doch Susi hielt sie fest, so dass der Arzt ihr weh tun konnte. Das hat ihr Anett bis heute nie verziehen. Auch nicht, dass sie grob wurde aus lauter Angst und Ungeduld, wenn Anett nicht essen wollte oder ihre Tabletten immer wieder ausspuckte.

Nun hat sie ein ausgeprägtes Selbstbewusstsein, äußert aber nur selten ihre Meinung. Sie vertraut niemandem und zuckt zurück, wenn ihr jemand zu nahe kommt. Sie

lässt sich ungern umarmen und duldet körperliche Nähe nur, wenn sie sie von selbst sucht. Menschen, die so früh wie Anett traumatisiert werden, fällt es meist schwer, sich berühren zu lassen. Anett mag keine Veränderungen, sie braucht vor allem Beständigkeit. Sie will sich später um autistische Kinder kümmern. Das sind Kinder, die ihre Gefühle nicht zeigen können. So scheint sich Anett zu fühlen und sie glaubt, diese Kinder verstehen und ihnen helfen zu können.
„Wenn man weiß, wofür es gut ist, hält man fast alles aus", sagt Susi.
„Ach, du bist einfach nur borniert", schimpft Ute.
„Ich mache jetzt Abendessen", wiederholt Susi. Fast hätte sie versehentlich die Butterdose fallen lassen und vor Zorn über ihre Ohnmacht die Wurstbüchse auf den Boden geschleudert. Aber sie nimmt sich zusammen und sagt sich, dass es doch gut ist, wie leicht ihre Schwester gemeinsam mit ihrer Familie ausreisen kann.
„Alles nur Schein", denkt sie. Dabei ist ihr nichts so zuwider wie Scheinheiligkeit und Lüge. Das Verschweigen ihrer wahren Meinung gehört für Susi zur Lüge dazu.
Am Abend sind alle von der Aufregung müde und Susi richtet die Betten für die Übernachtung her. Sie kann lange nicht

einschlafen, weil ihr das Gespräch mit Ute nicht aus dem Kopf geht. Die Schwestern haben zwar als Kinder zusammen gespielt, doch sich nie wirklich gut verstanden. Ute hielt sich am liebsten bei ihren Freundinnen auf, während Susi in einer Ecke saß und sich in den Geschichten aus ihren Büchern vertiefte. Was die eine gut fand, war der anderen zuwider. Auch äußerlich sind sie grundverschieden. Susi hat dunkelbraune Locken, Ute glatte blonde Haare, blond wie die des Vaters. Die Mutter ist dunkel wie Susi. Auch André hat schöne dunkelbraune Locken, fast so schwarz wie die seines Vaters. Anett fällt mit ihren dichten blonden Locken völlig aus dem Rahmen. Sie sind nicht goldblond wie die von Ute und ihren Kindern, sondern eher silbergrau. Solch eine Farbe ist höchst selten, vor allem, da ihre Eltern dunkle Haare haben. Und Susi fragt sich manchmal, ob es eine seltsame Art von Vererbung oder doch eher eine Störung ist, hervorgerufen durch einen Schock.

Die Firmengründung

„Ihr müsst handeln!", bestimmt Toni, ihr ungarischer Freund.
„Wie denn handeln? Handeln wie etwas tun?"

„Nein, handeln wie verkaufen."
Susi lacht, während Manfred amüsiert den Kopf schüttelt.
„Was sollen wir denn verkaufen?", will Manfred wissen. „Reifen wie du oder Schuhe wie deine Frau?"
„Warum nicht?" Toni lacht. „Muss Ding sein, das jeder braucht."
„Etwas, das jeder braucht", wiederholt Susi nachdenklich. „Im Osten wird alles gebraucht, auch Reifen und Schuhe."
„Eben!" Toni argumentiert immer hektischer, doch Manfred schüttelt den Kopf. „Ich verkaufe Messgeräte für eine bekannte Münchner Firma, verdiene hervorragend und bin damit vollkommen zufrieden."
Toni springt auf und breitet seine Arme aus. „Wo seid ihr geboren?"
„In Freiberg Sachsen, das weißt du doch."
„Das müsst ihr nutzen! Ihr habt die gleiche Mentalität, versteht die Menschen besser als sonst jemand auf der Welt. Und nun habt ihr auch für den Osten die freie Marktwirtschaft. Das ist eure große Chance."
Alles, was Toni sagt, hört sich für Susi richtig an. Doch sie ist zufrieden mit ihrem Leben. Sie ist daheim, hat Zeit für die Kinder und für Freunde, zum Lesen und Schreiben, Malen und Ausgehen. Manfred liebt seine gut bezahlte

Arbeit. Warum sollten sie das ohne Not ändern?

„Nachdenken!", fordert Toni energisch. „Im Osten gibt es Zuteilung, ihr könnt alles anbieten, alles wird gebraucht."

Im Grunde ist jeder Artikel Mangelware, gleichgültig, ob sie Wandfliesen, Waschbecken, Autoreifen, Schuhe oder Papier anschleppen. Alles würde ihnen aus den Händen gerissen werden und zwar zu jedem Preis.

„Nachdenken! Muss Ding sein wie Klopapier. Jeder braucht es und muss nachkaufen."

Susi und Manfred halten Tonis Idee für kompletten Unsinn. Trotzdem denken sie darüber nach.

„Was ist denn wie Klopapier, das jeder verbraucht und nachkaufen muss? Mir fallen nur Lebensmittel ein", meint Susi. „Aber die verderben schnell. Das wäre mir zu riskant."

Sie überlegt weiter. „Blumen!", ruft sie aus. „Frische Blumen gab es nur im Hochsommer, ansonsten nur Alpenveilchen."

Manfred nickt. Er hat im Dezember Geburtstag und bekam Jahr für Jahr immer ein Alpenveilchen geschenkt. Dann schüttelt er den Kopf. „Nein, Blumen verderben noch schneller als Lebensmittel."

Angestrengt überlegen beide, was jeder

braucht und immer wieder nachkaufen muss, aber nicht verderblich sein darf. Plötzlich springt Manfred auf, klatscht in die Hände und ruft: „Ich hab´s! Jede Firma braucht Papier, Locher, Ordner und Stifte."
Susi fällt ihrem klugen Mann um den Hals.
„Weißt du noch, dass wir im Osten immer genau angeben mussten, wie viele Ordner und Locher wir im nächsten Jahr brauchen?"
Manfred nickt zustimmend. „Die Zuteilung der Artikel übernahm ein Versorgungszentrum."
„Geklappt hat das nie. Mal hatten wir einen ganzen Waggon Klopapier am Jahresanfang, aber bekamen im ganzen Jahr keinen einzigen Ordner." Susi lacht. „Und heute können wir darüber lachen."
„Ja. Und wir könnten heute direkt an die Betriebe verkaufen und die Versorgungszentren einfach übergehen."
„So machen wir´s!", ruft Susi aus. „Ich organisiere den Verkauf und du sorgst wie bisher für unser Familieneinkommen."

Gleich am nächsten Morgen ruft Susi in der IHK (Industrie- und Handelskammer) München an. Leider verfügt dieses Amt über keinerlei Adressen und Telefonnummern in der DDR. Sie erfährt nur, dass es in Karl-Marx-Stadt ebenfalls eine IHK gibt. Man rät ihr, sich an die

Bundesstelle für Außenhandelsinformation zu wenden, da die DDR schließlich nicht zur Bundesrepublik gehört.

Doch auch dort kommt Susi nicht weiter. Sie kontaktiert nun direkt Hersteller von Büroartikeln und bietet sich als Handelsvertreter für den Raum Sachsen an. Nur fünf dieser Firmen zeigen sich interessiert, möchten allerdings keine Vertretung, sondern ihre Ware über Susi in den Osten verkaufen. Das heißt, Susi muss eine Firma gründen und das Handelsrisiko komplett selbst übernehmen. Ganz wohl ist ihr nicht dabei, doch sie fährt zum Meldeamt, um ihre Firma im Handelsregister eintragen zu lassen. Dazu braucht sie einen Firmennamen. Ungeduldig klopft der Beamte mit seinem Stift auf die Theke. „Sie müssen doch wissen, wie Ihre Firma heißt!"

Darüber hat sich Susi noch gar keine Gedanken gemacht, doch sie nickt und trägt kurzerhand *HIV – Herzog-Import-Verkauf* ein.

Der Beamte schiebt ihr das Formular wieder zurück.

„Das geht so nicht. HIV ist eine eingetragene Bezeichnung für eine Immunschwäche, meist im Zusammenhang mit Aids."

Susis Wangen brennen. Das hat sie nicht bedacht. Also schreibt sie *HIEB Herzog-Import-*

Export-Büroartikel.
Anschließend lässt sie Visitenkarten mit ihrem Namen Susanne Herzog, der neuen Firmenbezeichnung und ihrer Münchner Telefonnummer drucken. Für Herzog und Büroartikel wählt sie eine grüne Schrift, weil es die Farbe der Hoffnung und gleichzeitig die der Sachsen ist.

Aus den Katalogen und Preislisten der Hersteller suchen Susi und Manfred Artikel heraus, die sie zuerst anbieten wollen. Ihre Preisliste besteht aus nur fünf Seiten und beinhaltet Telex- und Additionsrollen, Briefumschläge aller Größen, Locher, Heftgeräte und Klammern, Kugelschreiber, Blei-, Bunt- und Faserstifte, Spitzmaschinen und Taschenrechner.

Am liebsten hätte sich Susi sofort ins Auto gesetzt und wäre nach Karl-Marx-Stadt gefahren. Doch sie kann daheim nicht einfach alles stehen und liegen lassen, denn sie hat zwei Kinder. Beide sind zwar bereits im Teenager-Alter und brauchen keine Rundumbetreuung mehr. Doch als Mutter stellt man seine Bedürfnisse ganz natürlich hinter die der Kinder. Die Mahlzeiten, die gesamte Freizeit waren für sie schon immer allein auf das Wohlbefinden der Kinder ausgerichtet.

Die Kinder wachsen und entwickeln sich rasend schnell und genauso schnell ändern sich ihre Bedürfnisse. Nach der Pubertät lässt man sie locker, später los. Aber noch sind sie mitten in der Pubertät und Susi hat den Eindruck, dass sie immer im absolut falschen Moment rebellieren.

Für André ist die Idee, Ware nach Sachsen zu verkaufen, ein Abenteuer, Anett dagegen reagiert empört. Sie kann nicht verstehen, weshalb sich die Mutter freiwillig mit dem Osten beschäftigt.

„Wir sind dort aufgewachsen", erklärt Susi.

„Aber ihr habt dort nicht leben können und wolltet da raus. Wofür habt ihr ein ganzes Jahr im Gefängnis gesessen, wenn ihr jetzt dorthin zurück geht? Ich verstehe euch nicht."

„Wir wollen nicht zurück, wir wollen dort nur Ware verkaufen."

Anett winkt ab und verzieht sich in ihr Zimmer. Sie will mit der ganzen Sache nichts zu tun haben.

Jetzt vor dem Jahreswechsel passiert sowieso nichts. Deshalb konzentriert sich Susi auf ihre Familie und den Advent. Sie stellt den Schwibbogen ins Fenster und die beiden Räuchermännchen in der Stube auf. Eine

Pyramide besitzt sie leider nicht, aber einen schönen großen Adventskranz mit vier dicken roten Kerzen.

Zum Vesper gibt es Stollen, den ihr die Schwester mitbrachte. Der 4. Advent ist in diesem Jahr gleichzeitig das Weihnachtsfest. Der wunderschön mit weißen Kerzen, roten Kugeln und Lametta geschmückte Tannenbaum brennt nur an zwei Tagen, denn am zweiten Weihnachts-Feiertag fahren sie zu Uwe in die Schweiz und verleben zwölf wunderbare Tage in den Bergen, fahren Schi in Montana und machen Ausflüge in die traumhaft schöne Umgebung.

Natürlich berichten sie Uwe ausführlich von ihrem Plan, Ware nach Sachsen zu liefern. Er ist sofort begeistert und bedauert, nicht mithelfen zu können.

Die erste Fahrt in den Osten

Am 10. Januar fährt Susi nach Karl-Marx-Stadt. Ihr ist ganz feierlich zumute und sie fühlt sich fast wie ein Glücksbringer. Doch in der IHK will keiner mit ihr sprechen, weil sie aus der Bundesrepublik kommt. Der Kontakt zu Westdeutschen wurde früher von der Stasi überwacht und war einigen Berufsgruppen sogar streng verboten.

„Jetzt, da die Grenze offen ist, ist der Handel zwischen Ost und West sicher erlaubt", behauptet Susi.

„So sicher ist das gar nicht. Wir haben noch keine genauen Anweisungen", lautet die Antwort. „Ein Verkauf wäre ohnehin nur über die Verteilerzentren möglich, niemals direkt an unsere Betriebe. Dort erhalten Sie nach wie vor keinen Zutritt."

„Verstehe." Susi nickt und lächelt freundlich. Doch insgeheim glaubt sie nicht daran, dass diese Art der Verteilung noch lange bestehen bleibt. „Es wäre sehr nett von Ihnen, wenn Sie mir die Adressen dieser Zentren übergeben."

Nach einigem Hin und Her darf sie sich fünf Adressen notieren: je zwei in Mittweida und Dresden und eine in Görlitz.

Mittweida ist nicht weit von Karl-Marx-Stadt entfernt, also beginnt Susi dort. Sie wird herzlich willkommen geheißen und gleich zum Kaffee eingeladen. Susi spürt deutlich die übergroße Freude der Händler über ihren Besuch und ist erstaunt darüber, dass es private Großhändler sind. Der eine Großhändler in Mittweida bestellt viele Sachen für die Schule wie Füllfederhalter und Schulranzen, der andere eher Telexrollen und

Tabellierpapier.

In Dresden empfängt sie eine sympathische Frau. Sie ordert jeweils zwei Paletten Briefumschläge in allen Größen und Additionsrollen. Susi notiert und versucht, sich ihre Freude über diesen riesigen Auftrag nicht anmerken zu lassen. Zum Schluss fragt die Dame, ob Susi ihr 100.000 Datumstempel beschaffen könne, gern auch mehr.

„Hunderttausend?", hakt Susi erstaunt nach. Sie glaubt, sich verhört zu haben.

„Stempel werden dringend benötigt, denn sämtliche vorhandene Stempel enden mit dem Jahr 1989, es gibt noch keine neuen ab 1990. Deshalb müssen wir unsere Stempel umschnitzen."

„Wie denn umschnitzen?", wundert sich Susi.

„Na, wir basteln aus der 89 eine 90, indem wir mit dem Messer je einen Bogen aus der Acht und der Neun herausschneiden."

Susi erinnert sich daran, wie die Menschen der DDR sich in vielen Situationen selbst helfen und Dinge basteln mussten, die es nicht zu kaufen gab.

Sie überlegt, ob sie überhaupt noch nach Görlitz fahren soll oder sich erst einmal um diesen riesig großen Auftrag kümmern soll. Doch sie denkt nicht lange nach und fährt auf die Autobahn Richtung Osten, die manchmal nicht breiter als eine gewöhnliche Straße ist. Stellenweise kann sie nicht schneller als 30 Stundenkilometer zuckeln und muss um die vielen tiefen Schlaglöcher regelrecht Slalom fahren. In Bautzen endet die Autobahn, doch auf den normalen Straßen kommt sie fast schneller vorwärts.

Der Einkäufer in Görlitz ist hocherfreut über Susis Besuch und übergibt ihr sofort eine umfangreiche Bestellung.

Auf der Fahrt zurück nach Freiberg fährt Susi durch das Osterzgebirge und besucht bei dieser Gelegenheit ihre Schulfreundin Marion in Altenberg an der Tschechischen Grenze. Sie hofft, dass Elke daheim ist. Ankündigen kann sie sich nicht, denn ihre Freundin hat wie die meisten Leute kein Telefon.

„Ich bin arbeitslos", beklagt sich Elke. „Gleich nach der Wende hat mich das Schwein entlassen."

Susi zuckt zusammen. So vulgär drückte sich ihre Freundin früher nicht aus.

„Zu DDR-Zeiten hätte es das nicht gegeben. Jetzt ist der Betrieb privat und da kann dieser Dreckskerl machen, was er will."

„Das klingt, als wünschst du dir die DDR zurück."

„Uns ging es gut hier. Ich habe mir alles aus der

Tschechei besorgt, was es hier nicht gab. Ich brauche die Wende nicht."

Susi begreift, dass sich nicht alle Leute im Osten über dieses wunderbare Weltereignis freuen, dass es die deutsch-deutsche Grenze nicht mehr gibt. Elke hatte sich mit der Situation arrangiert und findet es nicht tragisch, Dinge des täglichen Bedarfs in der CSSR kaufen zu müssen. Etwas geknickt fährt Susi weiter nach Freiberg, wo sie einige ihrer Cousinen und die Schwiegereltern besucht und schließlich wunderschöne Stunden bei ihren Eltern verbringt.

Einen sehr wichtigen Besuch hebt sie sich bis zum Schluss auf: er betrifft ihre engsten Freunde Bärbel und Bernd. Bernd und Manfred sind bereits zusammen zur Schule gegangen und als er sich in Bärbel verliebte, bildeten sie ein echtes Kleeblatt. Sie heirateten fast zur gleichen Zeit, bekamen jeweils zwei Kinder und verbrachten ihre Freizeit so oft es ging zusammen.

Bernd fällt Susi sofort um den Hals und Bärbel möchte ihre Freundin gar nicht mehr loslassen.

„Ich habe euch schrecklich vermisst und wollte mich unbedingt mit euch versöhnen. Was war eigentlich los zwischen uns?"

„Schwamm drüber", sagt Bernd und strahlt dabei übers ganze Gesicht. „Ich bin einfach nur froh, dass wir wieder zusammen sind."

Susi bleibt den ganzen Abend über bei ihren Freunden und berichtet ausführlich von ihrer neuen Geschäftsidee. Der Abschied fällt ihr sehr schwer, doch sie tröstet sich damit, dass sie sich ab jetzt ganz sicher nicht mehr aus den Augen verlieren und dank der Grenzöffnung oft sehen können.

Es ist nur jammerschade, dass Manfred nicht dabei sein kann. Susi vermisst ihren Mann schmerzlich. Er kann nie an ihr vorbei gehen, ohne sie zu berühren, umarmt sie oft und schaut sie manchmal so an, dass ihr ganz warm dabei wird. Mit ihm ist alles schöner, das Essen schmeckt in seiner Gesellschaft besser und sie lacht viel mehr. Mit ihren Gedanken allein zu sein gefällt Susi überhaupt nicht.

Nach einer Woche macht sich Susi auf die Heimfahrt. Bis Zwickau gibt es eine Art Betonpiste, auf der man sich wie auf einer Baustellenzufahrt fühlt. Das ist die moderne DDR-Autobahn. Danach kommt eine normale Fernstraße, auf der man leider nur sehr langsam voran kommt. Kurz vor der Grenze muss sich Susi über kleine Nebenstraßen durch winzige Dörfer im Erzgebirge fitzen, wo es kaum Hinweisschilder zur Orientierung gibt. Endlich erreicht sie Hof und damit eine gut ausgebaute Straße bis zum Anfang der Autobahn einige Kilometer nördlich von Regensburg.

Das Geschäft läuft an

Leider will kein einziger Lieferant das Risiko eingehen, seine Waren direkt in die DDR zu schicken.
„Wie sollen wir an unser Geld kommen?"
Diese Frage hört Susi immer wieder. Es gibt nach wie vor die Mark der DDR, die nicht konvertierbar und das Ausführen sogar streng verboten ist.
„Das kann doch nur eine Frage der Zeit sein", versucht Susi zu argumentieren. „Man darf seit diesem Monat offiziell 1:5 tauschen. Die Leute haben fest bestellt und werden einen Weg finden, das Geld zu beschaffen. Die DDR ist wie ein riesiges Loch – gleichgültig, was man hineinwirft, es wird alles geschluckt."
Doch den Herstellern ist das Risiko zu groß. Die Firma Trodat lacht Susi sogar offen aus, als sie mehr als 100.000 Datumstempel bestellt.
Schließlich meldet sich eine Firma aus Frankfurt. „Wissen Sie, dass Sie sich in der gesamten Branche ein Denkmal als Stempeltante gesetzt haben? Selbst 10.000

Stück hätte Ihnen keiner geliefert. Wie kommen Sie auf solch eine unrealistisch hohe Zahl?"
Susi erklärt, dass die Leute in den ostdeutschen Büros ihre Stempel mit einem Messer umschnitzen, aus der 89 ein 90 basteln. Der Vertriebsleiter lacht schallend. Susi stimmt in das Lachen mit ein, obwohl die Situation eigentlich nicht zum Lachen ist.
„Wir schicken Ihnen 5.000 Tagesstempel und insgesamt zwei Paletten Briefumschläge nach München."
Damit muss sich Susi zufrieden geben, obwohl diese Lieferung nur ein sogenannter Tropfen auf dem heißen Stein ist. Keiner der Hersteller hat sich über einen der großen Aufträge gefreut, alle bleiben reserviert und skeptisch. Hinzu kommt, dass Susi außer als „Stempeltante" in der Branche völlig unbekannt ist und keine Sicherheiten bieten kann.
Sie besucht die Firma Brause in Ingolstadt. Nach einer Stunde ist der Verkaufsleiter bereit, Locher, Heftgeräte und Füllfederhalter im Wert von 5.000 DM zu liefern. Lakonisch meint er: „Der Verlust wäre überschaubar, zumindest haben wir etwas Gutes getan und verbuchen es als Spende."
Dann gibt es in Fulda ein Werk, das Fotoalben herstellt und ihr 20 Kisten mit verschiedenen Alben für die erste Lieferung zusichert.

Eine Woche später fährt ein riesiger LKW vor Susis Wohnhaus vor.

„Wo soll ich die vier Paletten Ware abladen?", will der Fahrer wissen.

Susi fällt in der Eile nur die Tiefgarage ein.

Keine Stunde später klingelt der Hausmeister.

„So geht das nicht, junge Frau! Die Garage ist allein zum Parken der Fahrzeuge gedacht. Außerdem besteht Brandgefahr. Sie müssen sie sofort freiräumen. Sofort!"

„Es ist nur eine Ausnahme. Nächste Woche ist alles wieder in Ordnung", verspricht Susi.

„Was hast du gemacht?", empört sich Manfred.

„Wo sollte ich die Ware lassen? Mir ist auf die Schnelle nur die Tiefgarage eingefallen."

„Das meine ich nicht. Ich meine, du bestellst die Ware einfach zu uns und karrst sie dann selbst in den Osten. Auf wessen Kosten, wenn ich fragen darf?" Manfreds Stimme klingt erregt. Er schaut Susi böse an.

„Ich habe vier Wochen Zeit zum Bezahlen."

„Aha." Manfred stemmt die Hände in die Hüften. „Und dann? Dann haben deine Kunden plötzlich Westgeld, was? Woher sollen die das Geld nehmen?"

Susi duckt sich. „Aber das ist doch nur eine Frage der Zeit", stottert sie.

„Bist du noch ganz dicht?", schreit Manfred.

„Die Hersteller liefern nicht, weil denen das Risiko zu groß ist. Doch die kleine schlaue Susi weiß es wieder einmal besser und macht alles ganz allein."

„Wir. Ich meine, ich bin doch nicht allein. Wir machen das zusammen."

„Wir? Ich habe nicht gesagt, dass du Ware hierher zu uns bestellen sollst."

Irritiert schaut Susi ihren Mann an. „Aber wir haben doch über alles gesprochen."

„*Du* hast gesprochen und zwar wie immer ohne Punkt und Komma."

Susi ist zutiefst erschrocken über diesen heftigen Ausbruch. Sie weiß nicht, was sie sagen soll. Sie weiß auch nicht, was sie davon halten soll.

„Sieh zu, wie du aus diesem Schlamassel wieder heraus kommst! Ich will damit nichts zu tun haben." Manfred wirft die Tür zu und setzt sich vor den Fernseher.

Susi ist völlig verunsichert. Manfred hat ihr klar gemacht, dass sie einen Riesenfehler begangen hat. Doch dass er sie so anschreit und allein lässt, das verletzt sie sehr. Sie sitzt wie gelähmt auf dem Sofa und weiß nicht, was sie jetzt machen soll. Fest steht, sie kann die Ware nicht zurück schicken. Sie muss sie wohl oder übel ausliefern. Doch was ist, wenn die Kunden wirklich nicht bezahlen, nicht bezahlen können? Susi versucht, diesen Gedanken weit von sich zu schieben. Sie überlegt, dass sie keine andere Wahl hat, als die Ware selbst im Osten auszuliefern. Der Rest wird sich finden. Kommt Zeit – kommt Rat.

Die vielen Kisten und Kartons passen unmöglich in Susis kleines Auto. Sie mietet sich kurzerhand einen Transporter, einen langen Ford Transit, und fährt so beladen zuerst zu dem Werk in Fulda, wo Fotoalben hergestellt werden. Der Vertriebsmann hatte Susi bereits einige Muster nach München gebracht und auch einen dicken Katalog. Die vielen verschiedenen Motive haben Susi völlig überrascht – es gibt unzählige neutrale in allen Farben und mit vielen wunderschönen Motiven, außerdem Spezialalben für Hochzeit, Babyjahre, Urlaub, Schulanfang und vieles mehr. Der Verkaufsleiter kann gar nicht fassen, dass Susi keine einzelnen Alben auswählt, sondern gleich kartonweise die gleichen Motive einladen lässt: je fünf Karton mit zwei verschiedenen blauen und rosa Babyalben und zehn Karton mit einem Brautpaar vor kitschigem Hintergrund mit Rosenblüten. Das sollte für den ersten Testverkauf reichen. Susi ist sich sicher, dass ihr schon der erste Händler alles aus den Händen reißen wird.

An der noch bestehenden deutsch-deutschen Grenze muss sie nachweisen, dass die mitgeführte Ware in der DDR tatsächlich gewünscht und benötigt wird. Zum Glück fällt ihr ein, dass sie das Bestellformular des Dresdner Versorgungszentrums einstecken hat und vorweisen kann. Nun darf sie passieren.
Zuerst fährt sie zu ihren Eltern. Der Vater greift sofort zu und lädt die Ware aus, lagert sie im Waschhaus und begleitet Susi am nächsten Tag bei der Auslieferung. Wie erwartet wird ihr die Ware direkt kartonweise aus den Händen gerissen. So ist der Transporter bereits in Dresden komplett leer und Susi fährt zurück nach München.

Schon am Tag darauf startet sie morgens fünf Uhr erneut. Dieses Mal geht die Reise nach Dortmund in ein Werk, das Servietten herstellt. Es gibt unzählige wunderschöne Motive, doch Susi wählt nur sechs verschiedene Blumenmuster und Farben aus und lässt sie sich kistenweise in den Transporter packen.
Das Auto ist voll und Susi macht sich auf den Weg Richtung Osten. Kurz vor Kassel hält sie an einem Rasthof und genießt ein üppiges Fernfahrermenü, das ihr ausgezeichnet schmeckt. Inzwischen ist es dunkel geworden. Als sie aus der Tür tritt, um zum Auto zu

gelangen, bleibt sie überrascht stehen. Der gesamte Parkplatz ist weiß, es hat wohl in der Zwischenzeit pausenlos geschneit. Susi hofft, dass der Transporter Winterreifen hat. Sie hat davon keine Ahnung und weiß nicht, woran man diese besonderen Reifen erkennt. Nun kommt sie noch langsamer vorwärts.

In Thüringen liegt der Schnee schon unangenehm hoch, doch Räumfahrzeuge wie in Hessen sieht sie hier nicht. Den steilen Berg kurz nach Eisenach fährt sie langsam herunter und freut sich, als sie endlich auf ebener Strecke ankommt. Doch sie hat plötzlich ein seltsames Gefühl, als ob sie schwimmt. Obwohl sie nach links steuert, driftet das Heck immer weiter nach rechts. Susi kann den Rand nicht genau erkennen, doch sie ahnt, dass sich dort ein tiefer Graben befindet. Es gibt keine Leitplanken. Susi schwitzt und konzentriert sich auf die Fahrspur. Nicht schalten, nicht stark bremsen, langsam lenken. Nach einer gefühlten Ewigkeit kann sie das Auto stoppen, es rutscht nicht weiter und bleibt stehen. Susi steigt aus. Keine 20 Zentimeter weiter und sie wäre mitsamt des Transporters gut zehn Meter nach unten auf ein Feld gestürzt. Autos fahren an ihr vorbei, es sind nicht viele, doch keines hält. Susi fürchtet, bald ganz allein hier in der Nacht zu stehen. Sie klettert wieder auf den

Fahrersitz und startet. Der Motor springt sofort an, doch die Räder drehen durch. Den Rückwärtsgang kann sie nicht einlegen, weil sie dann sofort in den Graben rutscht. Also dreht sie das Lenkrad etwas nach rechts, obwohl dort mehr Schnee liegt als auf der Straße. Sie legt den zweiten Gang ein. Die Reifen greifen und langsam setzt sich das Auto in Bewegung und lässt sich auf die Fahrbahn steuern. Susi schreit erleichtert laut auf. Am liebsten hätte sie geheult, doch sie muss sich konzentrieren und darf sich ihre Augen nicht von Tränen verschleiern lassen.

Kurz darauf wird der Schnee so hoch, dass ein Weiterfahren nicht möglich ist. Auf der Gegenbahn kommt ihr ein Schneepflug entgegen. Susi schaut auf die andere Seite, wo die Straße wunderbar geräumt ist, während sie in ihrer Richtung nahezu fest sitzt. Es gibt keine Leitplanken und weit und breit ist kein Licht eines entgegenkommenden Fahrzeuges zu sehen. Sie sieht eine Spur, die direkt über den Mittelstreifen führt und lenkt schnell hinüber auf die Gegenspur. Sie ist nun ein Geisterfahrer und hat schreckliche Angst, doch sie sieht keine andere Möglichkeit, um vorwärts zu kommen. Als ihr nach vielen Minuten ein Fahrzeug entgegen kommt, gelangen sie problemlos aneinander vorbei. Der Fahrer gibt kein Lichtzeichen und scheint sich über Susi als Falschfahrer nicht zu wundern. Dann hat sie plötzlich einen Scheinwerfer hinter sich, der sich rasch nähert. Es ist nicht wie befürchtet die Polizei, sondern ein PKW, der Susis Transporter überholt. Erleichtert stellt sie fest, dass sie nicht die Einzige ist, die auf diese absurde Idee verfallen ist. Vielleicht ist das Benutzen der Gegenspur im Osten sogar erlaubt, wenn es keine andere Möglichkeit zur Weiterfahrt gibt. Susi denkt nicht weiter darüber nach und konzentriert sich auf die Straße. Diese ist durch den Schneepflug wunderbar geräumt und sie kommt gut voran.

Als sie in Siebenlehn von der Autobahn herunter fährt, ist es bereits weit nach Mitternacht. Die Fernstraße nach Freiberg ist nur auf einer Spur befahrbar. Doch Susi sieht neben der Straße hin und wieder LKW stehen, einer liegt sogar umgekippt auf dem Feld. Sie schaut stur gerade auf die Spur und überlegt, ob sie ab Großschirma die Talstraße an der Mulde entlang nehmen soll. Denn ansonsten muss sie durch die Teufelsdelle, wo schon im Sommer bei wunderbarer Sicht und trockener Straße viele Unfälle passieren. Trotzdem entschließt sie sich, auf der Fernstraße zu bleiben. Dort würde man sie bei einem Unfall auch eher finden. Außerdem wagt sie nicht, die steile und sehr schmale kurvenreiche Dorfstraße hinunter zur Mulde zu fahren.

Schon weit vor der Delle liegen mehrere LKW links und rechts der Straße und zwei unten auf dem Feld. Kein Licht brennt, also ist kein Fahrer in der Nähe, der notfalls helfen könnte. Susi legt den zweiten Gang ein und fährt langsam in die Delle hinunter. Sie schaut weder nach rechts noch nach links, sondern konzentriert sich auf den Lichtkegel, der den weißen Schnee noch heller macht. Dabei betet sie, dass ihr kein Fahrzeug entgegen kommt. Nun ist sie unten und muss die S-Kurve meistern, die gleich in den Anstieg übergeht. Es gelingt. Susi schwitzt. Sie behält den zweiten Gang bei und nimmt langsam die Steigung. Alles geht glatt. Hier im Wald lässt es sich sogar angenehmer lenken als vorhin auf dem freien Feld. Oben auf dem Berg ahnt sie fast das nahe Freiberg. Vor allem riecht sie es wegen der vielen Kohleöfen und Schornsteine in der Stadt, über der eine dunkle Dunstwolke hängt. Lichter sieht sie keine, denn diese werden nach wie vor spätestens 22 Uhr gelöscht.

Nun muss Susi aus der Stadt heraus einen mäßig steilen Berg Richtung Halsbrücke überwinden. Langsam fährt sie aufwärts. Doch die Räder drehen schnell durch und Susi lässt

sich zurück rollen. Sie versucht es mit Anlauf, fährt schneller an und kommt trotzdem keinen einzigen Zentimeter weiter den Berg hinauf. Nach dem fünften Versuch wendet Susi das Fahrzeug und legt den Rückwärtsgang ein. Das Auto schlingert bedrohlich, kämpft sich aber langsam den Berg hinauf. Susi ist erleichtert. Leider muss sie nun ein ganzes Stück weiter rückwärts fahren, um eine Stelle zu finden, wo sie den Transporter gefahrlos wenden kann. Endlich erkennt sie eine breite Einfahrt, lenkt hinein und kann im dritten Gang nahezu problemlos wieder auf die Straße gelangen.
Drei Uhr am Morgen passiert Susi das Ortsschild Halsbrücke und hätte am liebsten geweint vor Freude. Am Straßenrand steht ein Mann und winkt. Es ist ihr Vater! Er hatte keine Ruhe und ist ständig zwischen den beiden Ortszufahren aus Richtung Freiberg und dem Muldental hin und her gelaufen.
Susi fällt ihrem Vater erleichtert in die Arme und kann das Fahrzeug endlich im Hof parken.
„Jetzt kriegst du erst einmal einen Schnaps", bestimmt der Vater. Er schenkt Susi einen Becherovka ein. Susi greift zu, kann aber das Glas nicht halten, so zittern ihre Hände. Sie verschüttet den gesamten Likör auf dem Tisch und dem Fußboden. Der Vater legt ihr seine Hand auf den Arm. „Ganz ruhig, Mädchen. Du

bist zu Hause. Ich schenke noch einmal ein."
Mit einem einzigen Hieb gießt sich Susi den Kräuterlikör in den Mund und schüttelt sich. Sofort wird ihr warm. Sie hat das Gefühl, genau zu merken, wo der Schnaps in ihrem Körper hinunter läuft.

„Hast du Hunger?" Ohne eine Antwort abzuwarten, stellt der Vater ein Brettchen, Butter und Wurst auf den Tisch. Dann holt er Brot aus dem Kasten und schneidet zwei dicke Scheiben davon ab. Dankbar lächelt Susi ihren Vater an, denn erst jetzt merkt sie, wie hungrig sie ist nach dieser ewig langen anstrengenden Fahrt durch die Nacht im Schnee.

Im März findet wie gewohnt in Leipzig die Frühjahrs-Messe statt. Aussteller aus der Bundesrepublik trifft Susi hier kaum an, aber viele ausländische, vor allem aus Hongkong. Diese stören sich nicht daran, dass keiner so recht weiß, wie er die bestellte Ware bezahlen kann. Oder sie wissen es nicht. Jedenfalls knüpft Susi mehrere interessante Kontakte und bestellt direkt eine komplette Palette Spitzmaschinen.
Doch ganz so einfach wie geglaubt läuft das Geschäft dann doch nicht ab. Susi muss bei ihrer Bank einen *Letter of Credit* beantragen, worin die Ware genau bezeichnet und der

Gesamtpreis aufgeführt ist. Damit garantiert ihre Bank der Bank des Exporteurs, dass die Bezahlung der Ware gesichert ist. Erst danach wird das Versenden der Ware eingeleitet, in diesem Fall per Schiff, was einige Wochen dauern wird.

Außer Abwarten kann Susi kaum etwas tun, zumal sie bei jedem deutschen Hersteller nach wie vor eine scheue Zurückhaltung erfährt.

Also genießt sie inzwischen mit ihrer Familie einen Pfingsturlaub in den Dolomiten, wo sie zusammen viele schöne Wanderungen in den Bergen unternehmen.

Manfred und Susi besuchen ihren Freund Walter, den Manfred vor einigen Jahren in München kennen lernte. Manfred hatte auf dem Oktoberfest ein paar Bier zu viel getrunken, es ging ihm am nächsten Morgen nicht gut. Susi rief kurzerhand den Kunden an und sagte den vereinbarten Termin ab. Dieser Kunde hieß Funktechnik Lidschreiber. Walter Lidschreiber hatte sofort den wahren Grund für die Absage geahnt und seine Witze darüber gemacht. Seitdem sind die beiden Männer befreundet.

Susi und Manfred erzählen Walter von ihrer Geschäftsidee in Freiberg. Der ist sofort begeistert.

„Das wäre was für mich! Funktechnik im

Osten."

Manfred lacht. „Klar, du könntest dich vor Kunden nicht retten. Das Problem ist nur, dass es dort kein wirkliches Telefonnetz gibt."

„Umso besser! Dann bin ich von Anfang an dabei und greife alle Aufträge ab. Kennt ihr nicht einen guten Mann für mich, mit dem ich das Ostgeschäft aufbauen kann?"

Manfred muss nicht lange nachdenken. „Bernd! Mein Freund ist Elektroingenieur. Am besten, du meldest dich selbst bei ihm."

Walter verkauft Manfred für 5.000 Mark ein mobiles Telefon und baut es ins Auto ein. Das ist eine Kiste, die wie ein kleiner Aktenkoffer aussieht, in der ein Telefonhörer installiert ist.

„Entlang der Autobahnen kannst du damit telefonieren", erklärt er.

„Wie soll das gehen so ganz ohne Kabel?" Susi glaubt nicht an solchen Zauber.

„Es gibt moderne Funkmasten, da braucht man kein Kabel mehr. Auch in einigen großen Städten werden schon solche Funknetze aufgebaut."

Nun ist auch Susi ganz aufgeregt und will das neue Gerät testen. Das wäre wirklich eine tolle Sache, wenn man unterwegs vom Auto aus telefonieren kann und selbst erreichbar ist.

„Zeige eurem Freund Bernd das Gerät! Sicher will er wissen, wie das funktioniert und dann kämen wir ins Geschäft", bittet Walter.

Der 1. Juli 1990 bringt endlich die Währungsunion und löst eine gewaltige Handels-Explosion aus. Susi ist sehr erleichtert, dass nun alle ihre Rechnungen sofort bezahlt werden und sie ihre Lieferanten nicht mehr vertrösten muss. Sie fährt nun jede Woche in den Osten, um die bestellte Ware auszuliefern. Die Eltern stellen jeden freien Fleck in ihrer Wohnung für die Kisten voller Ware zur Verfügung. In Stube, Schlafzimmer, Flur, Keller, Waschhaus und sogar im Schuppen stehen Berge von Kisten und Kartons voller Ware. Auch die Spitzmaschinen aus Hongkong sind eingetroffen und nahezu sofort verkauft.
Susi versucht, einen leerstehenden Laden zu mieten. Doch die Freiberger Gebäudewirtschaft, der dieser Laden wie fast sämtliche Stadthäuser gehören, will an einen Westdeutschen weder verkaufen noch vermieten.

Während ihrer Fahrten durch Karl-Marx-Stadt sieht Susi viele Autos mit dem Kennzeichen C, das ihr vorher noch nie aufgefallen ist. Auch der Vater kann sich keinen Reim darauf machen. Schließlich erfährt sie, dass das C Chemnitz bedeutet und die Stadt Karl-Marx-Stadt ihren ursprünglichen Namen Chemnitz zurück erhalten hat.

Dem Vater kommt dies komisch vor. Susi hat ihren Spaß daran, dass er das ch von Chemnitz nicht hart wie bei Chor, sondern weich wie bei Charme ausspricht.

Susi besucht die Leipziger Herbstmesse. Hier gibt es kaum noch einen ostdeutschen Hersteller, die Hallen sind gefüllt mit Produzenten aus der Bundesrepublik. Jetzt endlich können die Firmen und Händler frei die gewünschte Ware ordern. Es herrscht eine fröhliche Aufbruchstimmung und ein unglaublich hektischer Betrieb.

Hong Kong

Oktober 1990. Susi plant, nach Hongkong zu fliegen, eine für sie wichtige Fachmesse für Büroartikel zu besuchen und sich bei dieser Gelegenheit das Werk ihres Lieferanten anzuschauen. Allerdings gibt es ein großes Problem, denn sie hat Angst vor dem Fliegen. Urlaubsflüge hat sie den Kindern zuliebe auf sich genommen und sich ihre Angst nicht anmerken lassen. Ihr scheint es irrsinnig, in 10.000 Meter Höhe durch die Luft zu fliegen.

Zusammen mit Manfred könnte sie den weiten Flug aushalten. Doch er kann und will sie nicht begleiten, was Susi nicht versteht. Weil sie auf keinen Fall allein reisen will, fragt sie ihre Schwester, ob sie Lust auf eine Woche Fernost hätte, selbstverständlich komplett auf Susis Kosten. Ute sagt erfreut zu.
Sie treffen sich in London, wohin Ute von Düsseldorf aus geflogen ist. Auch Ute hat große Flugangst. Seltsamerweise beruhigt das Susi, sie fühlt sich verantwortlich für die jüngere Schwester wie während der Flugreisen mit den Kindern.
Sie landen in Dubai und müssen aussteigen. Die meisten Frauen laufen eilig durch die große Halle und hasten eine breite Treppe hinunter.
„Komm! Wir folgen ihnen", fordert Susi Ute auf.
„Die wollen sicher nur auf Toilette", winkt die Schwester ab. Doch Susi geht den Frauen nach und steht schließlich in einem goldenen Saal. Überall glitzert und glänzt es. Die Frauen drängen sich an gläserne Theken, worin unzählige Ketten und Schmuck liegen. Dahinter stehen wunderschöne dunkelhaarige Frauen in weißen Kostümen. Susi lässt sich von dem aufgeregten Gewühle der Frauen anstecken. Sie entdeckt ein breites Armband und legt es sich über die Hand. Die Verkäuferin winkt ab und erklärt, dass es nur 585er Gold sei und rät

ihr zu wenigstens 750er Gold, das seien 18 Karat, besser wären jedoch 21 Karat. Ehe Susi reagieren kann, wird sie von mehreren resoluten Damen grob zur Seite geschoben. Sie wendet sich an ihre Schwester. „Hast du das gehört?"
Ute schüttelt den Kopf.
„Dieses schöne Armband ist 585er Gold und die Frau sagt, es wäre nur Elefantengold. Doch ich glaube, in unseren deutschen Schmuckläden gibt es gar keine bessere Qualität. Mein Ehering ist eine Legierung und hat nicht einmal einen Anteil von 333."
Susi dreht das Armband hin und her. Es ist ganz schlicht gearbeitet, hat aber sehr breite Glieder, die wundervoll ineinander verwoben sind. Ihr gefällt das schöne Schmuckstück, das schwer in ihrer Hand liegt. Sie schiebt sich wieder vor an den Verkaufstresen und fragt nach dem Preis. Die Verkäuferin nimmt das Armband und legt es auf eine Waage. Erst dann kann sie den Preis berechnen. So etwas hat Susi noch nie erlebt. Sie besitzt nicht viel Schmuck, doch die Frauen, die sich ringsum die Goldketten aus den Händen reißen, sind über und über damit behangen. Susi kauft schließlich das Armband für weniger als 500 Mark.
Beim Zurücklaufen zum Terminal sehen sich die

Schwestern um und entdecken Läden mit allerlei Waren: Taschen, Schuhe, Kleidung, Elektroartikel und sogar Autos. Die werden direkt bis an die Haustür des Käufers geliefert, auch nach Deutschland oder Amerika, deutsche Marken sind sogar billiger als daheim. Jetzt fallen ihnen auch die vielen Männer in weißen „Nachthemden" auf, die erschreckenderweise Maschinenpistolen über der Schulter oder lässig in der Hand tragen. Sofort wird es Susi unheimlich zumute, sie fühlt sich bedroht und ist froh, dass ihr Flieger bald startet.

Sie lässt sich von der Stewardess mehrmals Tomatensaft mit Wodka bringen. Das benebelt ihr Hirn und sie dämmert hin und wieder ein wenig ein. Rechtzeitig vor der Landung wird sie wach. Das Flugzeug dreht eine große Schleife über einem dichten Häusermeer, das mitten im Wasser liegt. Dann sinkt es auf die Häuser zu und steuert eine Art Autobahn an, die im Meer endet. Susi vergisst das Atmen, als die Maschine aufsetzt und sie sieht, wie der Flügel auf ihrer Seite weit über dem Wasser schwebt. Langsam wendet das Flugzeug und rollt vom Meer weg auf ein großes Gebäude zu.

„Hätte ich geahnt, wie gefährlich die Landung hier ist, wäre ich im Leben nicht hierher geflogen", vertraut sie Ute an.

Am Flughafen werden sie mit einem Rolls Roys abgeholt. Susi stößt vor Begeisterung immer wieder ihre Schwester an. Sie freut sich, denn so ganz allein hätte sie die vielen Eindrücke wohl kaum verkraftet. Hier gibt es extrem viele Hochhäuser, weit mehr als in Frankfurt. Und dazwischen sehen sie immer wieder kleinere, halb zerfallene Häuser gequetscht oder eine Art alte bunte Pagode aus Holz vor hohen Marmorgebäuden. An einigen Häusern stehen Gerüste aus Bambus.

Zuerst bringt sie die königliche Limousine zu einem unscheinbaren Haus. Der Fahrer weist ihnen den Weg über einen schmutzigen Hinterhof zu einem Fahrstuhl. Dieser ist komplett aus Marmor und passt überhaupt nicht zur Umgebung.

„Hier muss man gleichzeitig kalt und heiß vertragen", stellt Susi erstaunt fest.

Im vierten Stock verneigt sich eine zierliche Chinesin vor den Frauen und führt sie in einen großen Raum, in dem auf langen Tischen die Waren der Fabrik ausgebreitet sind.

Nach der Verhandlung mit dem Verkaufsleiter bringt der Rolls Roys Susi und Ute in das China Marchandt Hotel. Dort gibt man ihnen außer dem Schlüssel eine Visitenkarte mit chinesischen Schriftzügen. In Hong Kong ist zwar Englisch die Amtssprache, doch viele

Taxifahrer beherrschen sie nicht. Mit dieser chinesischen Visitenkarte würden sie leichter zum Hotel zurück finden.

Das Zimmer befindet sich im 14. Stockwerk, ein 13. gibt es aus abergläubischen Gründen nicht. Es ist größer als die Hotelzimmer in Deutschland und hat ein ungewöhnlich großes Bad ganz aus Marmor mit einem riesigen Wandspiegel und goldenen Wasserhähnen.

Susi und Ute ziehen sich um und wollen sofort in die Stadt. Zuerst fahren sie drei Stationen mit der Straßenbahn. Dann befinden sie sich auf einem großen Platz zwischen unglaublich vielen Menschen, so dass sie sich an den Armen einhaken, um sich nicht zu verlieren. Zu ihren Füßen sitzen Frauen auf dem Boden und haben vor sich bunte Plastiktüten ausgebreitet, aus denen ganz ungewöhnliche Gerüche nach oben steigen. Susi erkennt, dass sich in den Tüten verschiedene undefinierbare Speisen befinden. Kurz entschlossen zeigt sie auf eine Pappschale und auf zwei der Beutel. Die Frau am Boden kellt jeweils einen Brei aus Fleisch, Gemüse und Reis auf die Pappe und übergibt ihn Susi, wofür sie nur wenige Cents verlangt.

„Willst du das etwa essen?", empört sich Ute.

„Warum nicht?" Susi probiert ein Stück Fleisch. Es ist saftig, ganz zart und ein wenig scharf. Im

Nu hat sie alles aufgegessen, ohne dass sie Ute zum Kosten animieren konnte. In dem Moment ertönt ein schriller Pfiff und plötzlich sind all die Frauen mit ihren vielen Beuteln wie vom Boden verschluckt, einfach verschwunden.
„Verstehst du das?"
„Vielleicht ist solch ein Verkauf verboten. Wundern würde mich das nicht. Lebensmittel aus Plastiktüten vom Fußboden." Ute schüttelt missbilligend den Kopf.
Von Passanten erfahren sie, dass in dieser Nacht eine Electric Light Show stattfindet. Nun ist ihnen klar, weshalb die Hochhäuser im Zentrum mit tausend und abertausend Lichter geschmückt sind und der Platz voller Menschen.

Am nächsten Tag besuchen die beiden Frauen eine Fachmesse für Büroartikel. Danach haben sie Zeit, sich die Stadt bei Tageslicht anzuschauen. Zuerst fahren sie auf Hongkong Island mit einer Schienenbahn hoch hinauf auf den Victoria Peak und haben von dort einen der weltweit spektakulärsten Blicke auf die Wolkenkratzer von Kowloon und weite Teile der Insel. Gegen Abend verwandelt sich alles in ein unglaubliches Lichtermeer und Susi macht viele Fotos.
Außerdem besichtigen sie eine große

Tempelanlage mit einem meterhohen Buddha, traditionellem chinesischen Handwerk, verschiedenen Tanzdarbietungen und einer siebenstöckigen Pagode.
Susi und Ute probieren in den wunderschön geschmückten Restaurants viele verschiedene Gerichte und sind fast immer begeistert. Es schmeckt allerdings ganz anders als beim Chinesen daheim. Sie lernen schnell, mit Stäbchen zu essen. Meist werden sie von auffallend bildhübschen Mädchen bedient. Überhaupt gibt es überall extrem viel Personal. Man braucht sich nur kurz suchend umzuschauen und schon wird man diensteifrig nach seinen Wünschen gefragt.
Komplett ungewohnt sind Telefone, die viele Leute mit sich herumtragen und unterwegs telefonieren. So etwas haben sie in Deutschland noch nie gesehen. Susi kauft deshalb ein schnurloses Telefon, das sie unbedingt Manfred und Walter zeigen will. Es ist allerdings für die Wohnung gedacht und nicht für unterwegs. Von Walter erfährt Susi später, dass so ein Mitbringsel eigentlich verboten ist und sie froh sein soll, dass es der Zoll nicht beschlagnahmte.

Die Reise war für sie ein voller geschäftlicher Erfolg und für die beiden Schwestern ein wunderbares Erlebnis. Während des Rückflugs haben sie unerwartetes Glück, denn sie dürfen in der 1. Klasse Platz nehmen, obwohl sie dafür gar kein Ticket haben.

Kaum ist das Flugzeug in der Luft, beklagt sich Ute: „Mutti hat dich mir immer vorgezogen."

„Aber das ist doch nicht meine Schuld!", entgegnet Susi.

„Doch. Weil du nie etwas gesagt hast, denn dir hat es gefallen, bevorzugt zu werden."

Susi ist bestürzt. „So habe ich das nicht empfunden. Ich dachte, du bist lieber bei deinen Freundinnen als daheim. Ich war immer da, auch wenn Mutti schlecht gelaunt war, mich beschimpft und geschlagen hat."

„Daran bist du selbst schuld."

Susi ist normalerweise recht schlagfertig und um keine Antwort verlegen, doch bei ihrer Schwester fallen ihr einfach keine passenden Argumente ein.

„Wir waren Kinder", versucht Susi, das unangenehme Gespräch zu beenden.

Doch Ute ist noch lange nicht fertig. „Du denkst immer nur an dich! Wegen deiner Flucht aus der DDR hatte ich berufliche Nachteile."

„Hör endlich damit auf!", bittet Susi. Sie erträgt diese ständigen Vorwürfe nicht, für die sie gar nicht verantwortlich ist.

„Du musst mir aber endlich einmal zuhören und

dir was sagen lassen", beharrt Ute.
Da platzt Susi der Kragen. Sie faucht: „Ich habe den Flug, das Hotel und auch sonst alles für dich bezahlt. Und du hast nichts weiter zu tun, als mir ständig irgend etwas aus unserer Vergangenheit vorzuwerfen. Das ist mehr als unfair von dir."
„Du musst mir aber zuhören!"
„Warum? Weil ich hier nicht weg kann? Wenn du nicht sofort deinen Mund hältst, werde ich dich hier sitzen lassen und mir einen anderen Platz suchen."
Ute giftet noch: „Typisch! So warst du immer." Doch sie gibt endlich Ruhe.

Sie landen für einige Stunden in Bombay. Dort verlassen sie das gekühlte Flughafengebäude nicht und schlendern an den Ständen entlang. Hier ist es bei weitem nicht so fein wie in Dubai. Ein buntes Durcheinander von vielen Leuten in ihren indischen Saris und Kitteln schiebt sich durch die Gänge. Die wenigen Europäer fallen direkt auf. An den Ständen gibt es hier statt Gold hübschen Schmuck aus Silber zu kaufen.

Das neue Bürohaus

Gleich beim nächsten Besuch im Osten bietet

der Bürgermeister von Halsbrücke Susi ein kleines altes Gebäude zum Kauf an, nur zwei Häuser vom Elternhaus entfernt. Darin war früher der Konsum, ein winziges Lebensmittelgeschäft, untergebracht. Von außen macht das Häuschen zwar einen maroden, aber immerhin stabilen Eindruck. Doch als Susi ins Innere tritt, bleibt sie erschrocken stehen. Überall bröckelt der Putz von den feuchten Wänden. Der Bürgermeister führt sie durch den ehemaligen Verkaufsraum nach hinten, wo in zwei kleineren Räumen vermutlich die Ware gelagert wurde. Vor dem Hinterausgang gibt es eine kleine Toilette und eine Holzstiege nach oben. Das überrascht Susi, denn ein Obergeschoss hatte sie dem kleinen Häuschen nicht zugetraut.
„Ich möchte das Haus gern kaufen. Doch vorher muss ich mit einem Architekten sprechen, ob sich hieraus überhaupt etwas machen lässt."

Bereits wenige Tage später hält Susi einen Grundriss mit Umbauvorschlägen des Architekten in den Händen. Der Windfang außen soll einen Anbau erhalten, in dem künftig Palettenware wie Kopierpapier und Ordner gelagert werden können. Im Verkaufsraum ist ein Durchbruch geplant, so dass das neue

Lager fast 60 Quadratmeter groß sein wird. Dahinter folgt ein kleiner Raum, der gut als Büro mit Packplatz für die Auslieferungen geeignet ist. In der kleinen Toilette wäre Platz für eine Dusche. Oben könnten eine kleine Teeküche und zwei schöne helle Büros entstehen, das Licht käme durch vier neu eingebaute Dachflächenfenster.
Susi zeigt die Pläne ihren Eltern. „Das sieht nach viel Arbeit aus."
„Ich rede mit meinen Brüdern", bietet der Vater an. „Fritz ist Maurer und Gerhard Tischler, sie werden helfen."
Susi fällt ihrem Vater um den Hals. Sie weiß, dass er nicht viele Worte macht und sich wie selbstverständlich zuverlässig um alles kümmern wird.

Fritz reißt zusammen mit dem Vater die Zwischenwand heraus und verputzt anschließend die Wände neu. Nun kann Manfreds Vater, der Malermeister ist, die Wände weiß streichen. Die Farbe ist noch feucht, da stehen bereits die mit Waren gefüllten Regale im neuen Lager.
Jetzt beginnt der aufwändige Ausbau des Dachgeschosses. Gerhard isoliert das Dach, stellt Trockenbauwände auf, sorgt für neue Fenster und zaubert zwei wunderschöne helle

Büroräume.

„Ich muss dir was sagen."

Susi horcht auf und schaut ihren Onkel erwartungsvoll an.

„Du hast für diese Hütte den siebenfachen Preis bezahlt."

Susi reißt den Mund auf. Doch es hat keinen Sinn, sich jetzt darüber aufzuregen oder gar zu beklagen, nachdem die Gemeinde längst ihr Geld erhalten hat.

„Wärst du eine Ostdeutsche, hättest du nur 3.000 Mark bezahlen müssen."

Susi schluckt ihren aufkommenden Ärger hinunter. „Ich bin zwar eine geborene Ostdeutsche, doch ich bin trotzdem froh über das neue Bürohaus, Und am meisten freut mich, dass du mir so viel geholfen hast."

Susi umarmt Gerhard, doch der schiebt sie zurück und wirkt plötzlich sehr ernst. „Weißt du eigentlich, wie dankbar ich dir bin?"

Susi lacht. „Wieso das? Weil du dich hier abrackern darfst?"

„Genau deswegen."

Irritiert schaut sie ihren Onkel an.

„Ich habe im Moment keinen anderen Auftrag und hätte nicht gewusst, wie ich die Zeit finanziell überbrücken soll. Dieser Umbau hier und der Lohn von fast 30.000 Mark haben mich quasi gerettet."

Das hat Susi nicht gewusst. Sie freut sich, denn ihre Verwandten unterstellen ihr, dass sie ihren Vater und seine Brüder nur ausnutzt. Nun hat sie gleich ein gutes Gewissen und fühlt sich rundum besser.

Susi schaltet Anzeigen in der Tageszeitung, um ihren Bürobedarfshandel vorzustellen und Mitarbeiter zu suchen. Aus einem Stapel von mehr als zweihundert Zuschriften versucht sie, die richtigen Leute auszuwählen. Zuerst sortiert sie alle Bewerber aus, die nicht direkt aus dem Ort kommen. Danach schaut sie sich die Fotos an, denn eine sympathische Ausstrahlung ist die halbe Miete. Erst danach liest sie die Anschreiben und später die Ausbildung und den Werdegang. Sie erwartet auch vom Lagerarbeiter und Fahrer ein fehlerfreies Deutsch. Die zehn Personen, die zum Schluss übrig bleiben, lädt sie zu einem Gespräch ein und entscheidet sich daraufhin schnell für eine nette junge Mutter, die sich um die Ware kümmern soll. Eine hübsche resolute Frau aus dem Nachbarwohnhaus wird als Sekretärin arbeiten und eine forsche, recht korpulente, aber sehr natürlich wirkende Frau soll den Außendienst übernehmen. Da sich auch Leute aus Chemnitz beworben haben, stellt Susi einen Verkäufer direkt für diese Großstadt ein, weil dort sämtliche Ämter des Bezirkes sitzen. Dieser Mann kennt eine Frau, die in einem ehemaligen Stasi-Pförtnerhaus in Chemnitz einen Bürohandel betreibt und macht Susi mit ihr bekannt. Sie werden sich schnell einig und vereinbaren eine Zusammenarbeit.

Nun sitzt Susi vor dem Berg Bewerbungs-Unterlagen, die nicht mehr gebraucht werden. Die meisten sind aufwändig mit Fotos in Klemmmappen präsentiert, was sicher viel Mühe gemacht hat und obendrein Geld kostete. Doch um wie viel aufwändiger und teurer ist das Verfassen von mehr als 200 Absagen und das Frankieren der umfangreichen Mappen?

Familien-Alltag

Inzwischen ist es Dezember und Susi fährt zum Weihnachtsfest zurück nach München. Dorthin hat sie Manfreds Familie eingeladen: seine Eltern, seine Schwester mit ihrem Mann und der gemeinsamen Tochter Charlotte. Sie verleben die Feiertage zusammen.

Erst danach kommt Susi etwas zur Ruhe. Sie würde gern vom Umbau, von ihrem Büro, den neuen Mitarbeitern erzählen und berichten, dass sie sogar bald ein Telefon haben wird. Doch keiner scheint sich ernsthaft dafür zu interessieren. Also schweigt sie. Das fällt ihr äußerst schwer, denn sie braucht das Reden. Sie muss ihre Gedanken aussprechen, doch dafür braucht sie keinen teilnahmslosen Zuhörer, sondern eine Antwort, eine Reaktion, eine Zustimmung oder Gegenrede.

Obwohl Susi daheim ist und am Tisch zwischen ihren Kindern sitzt, Manfred direkt gegenüber, fühlt sie sich einsam. Ist das das Ende der Liebe? Entfremden sie sich, weil sie nur am Wochenende nach Hause kommt?
Susi beobachtet alle drei beim Essen: Manfred schiebt alles in die Tellermitte, belegt die Gabel gleichmäßig, führt sie langsam zum Mund und kaut bedächtig. André packt Fleisch, Kartoffel und Gemüse gleichzeitig auf seine Gabel, stopft sich den Berg in den Mund, wobei immer etwas von der Gabel zurück auf den Teller fällt. Er kaut mit vollen Backen. Anett sortiert die Speisen gewissenhaft und zerteilt sie in winzige Häppchen. Sie isst zuerst die weniger schmackhaften Teile und hebt sich das Beste bis zum Schluss auf. Das ist Susi bisher nicht aufgefallen. Sie lächelt.
„Es tut mir leid", sagte André plötzlich.
Susi schaut auf. „Was ist denn passiert?"
„Er hat wieder einmal Mist gebaut in der Schule. Ich soll zum Soziallehrer kommen",

brummt Manfred.

„Soziallehrer?" Susi versteht nicht.

„Ach, das ist so ein Vertrauensheini, soll eine Art Kummerkasten für Lehrer und Schüler sein. Der Englischlehrer hat sich über mich beschwert und nun muss ich dort antanzen und mich dauernd entschuldigen."

„Man kann sich nicht selbst entschuldigen. Man kann nur um Entschuldigung bitten und hoffen, dass sie gewährt wird", stellt Susi richtig.

André zuckt mit der Schulter.

„Er hat schon die dritte Sechs in Englisch gefangen. Offenbar hat er es nicht nötig, Vokabeln zu lernen", erklärt Manfred.

„Ich kenne sehr wohl die Vokabeln und kann besser Englisch als die meisten in meiner Klasse", ärgert sich André.

„Aha." Manfreds Stimme klingt sarkastisch. „Deshalb bekommst du für deine tollen Leistungen immer wieder eine Sechs. Verstehe." Plötzlich schreit er André an. „Du wirst sitzen bleiben und das Schuljahr wiederholen dürfen!"

Susi legt die Hand auf Andrés Arm. „Erkläre es mir, was du vorhin gemeint hast. Du bist besser als die anderen, bekommst aber eine schlechtere Zensur?"

„Genau. Es geht den blöden Lehrern nur ums Schreiben. Dabei ist Englisch eine Sprache, die muss man vor allem sprechen. Ich lasse mal einen Buchstaben weg oder nehme den falschen, aber das Wort ist richtig. Die Lehrer benoten nur das Schriftliche und kapieren nicht, dass ich mündlich alles kann."

Susi seufzt. Sie versteht André sehr gut. Seine Computerspiele sind in Englisch, er übersetzt die Texte ihrer englischen Lieblings-Songs und doch schafft er das Abitur nicht mit einer Sechs in Englisch.

„Jedenfalls hat André dem Lehrer deutlich ins Gesicht gesagt, was er von seiner Methode hält. Und das vor der ganzen Klasse. Nun muss er jede Woche zu diesem Soziallehrer."

Susi weiß, dass André immer sofort seine Meinung sagt. Ihr ist klar, dass der Lehrer diese deutlichen Worte vor der gesamten Klasse als Kränkung empfunden hat.

„Das ist alles Blödsinn. Dauernd muss ich darüber nachdenken, was ich gesagt habe und eigentlich nicht sagen darf. Darf man nicht die Wahrheit sagen?"

„Doch." Susi nickt. „Man darf und sollte es auch immer tun. Die Wahrheit ist immer zumutbar."

„Aber der Ton macht die Musik", ergänzt Manfred.

„Na und? Es kommt doch darauf an, WAS ich sage und nicht, wie ich es sage. Soll ich herumschleimen, weil es ein Lehrer ist? Und jetzt kotzt es mich an, wenn ich mich jede Woche eine Stunde lang entschuldigen soll." André schmeißt seine Gabel auf den Tisch. Sie rutscht weiter und fällt schließlich auf den Teppich.

„Entschuldige dich nicht dafür, dass du so bist wie du bist! Und habe nie Angst davor, die Wahrheit zu sagen!", bestimmt Susi.

„Der Lehrer sagt, ich hätte ein freches Mundwerk."

„Er hat recht. Und wenn du was draus machst, wirst du es mit diesem frechen Mundwerk noch weit bringen."

„Typisch!", schimpft Manfred. „Du musst seine Frechheiten noch verteidigen. Am Ende nimmst du ihn noch aus der Schule ohne Abschluss."

„Realschule habe ich und Schule ist sowieso doof. Man lernt nur Müll, was man später nie im Leben brauchen kann."

„Gut, dass du so schlau bist." Manfred steht auf und räumt laut klappernd die Teller ab.

„Lauf nicht weg!", ruft Susi ihrem Mann hinterher. Sie ärgert sich, dass Manfred auf diese Art so manches wichtige Gespräch beendet. Manfred kommt zurück, steckt aber nur seinen Kopf durch die Tür. „Ich habe keine Lust, mir euren Unsinn anzuhören. Ich gehe hinter an meinen Schreibtisch." Laut knallt er die Tür hinter sich zu.

Anett zuckt zusammen und sagt dann ganz ruhig: „Dort schaut er Sport. Wie immer."
André grinst.
Susi ist nicht zum Lachen zumute. Sie möchte mit Manfred über so vieles reden, doch er will kaum einen Sport-Wettkampf verpassen. Er scheint sich nicht für Susis Firma zu interessieren. Sie fragt sich, ob sie seine Euphorie am Anfang falsch verstanden hat. Oder ob es einfach daran liegt, dass er ein Mann ist. Männer interessieren sich für Autos, Fußball, Boxen und Baustellen, aber höchst selten für das, was ihren Frauen wichtig ist.

Das Geschäft läuft

Susi kauft zwei weiße Suzuki Wagon. Das sind winzig kleine Transporter. Sie beschriftet sie mit dem Firmenlogo HIEB **H**erzog **I**mport-**E**xport **B**ürobedarf. Damit fahren die beiden Außendienstler im Freiberger und Chemnitzer Umfeld die Waren aus und kümmern sich um neue Aufträge. Die größten Kunden sind die vielen Ämter, die Unmengen von Papier, Formulardrucken und Farbbänder für ihre Schreibmaschinen benötigen.
Susis Vater nimmt die Waren entgegen, die Sekretärin und die Lagerarbeiterin räumen sie

ein und stellen die Lieferungen zusammen. Susi schreibt die Rechnungen und kümmert sich um die Zahlungen. Sie hat extra einen Computer und ein Warenwirtschaftsprogramm besorgt. Trotzdem ist die Arbeit kaum noch zu bewältigen.

Die Frau, mit der sie in Chemnitz zusammen arbeitet, meldet sich krank. Sie ist schwanger und will ihr Geschäft schließen. Als Susi ihre Ware abholen will, ist der Laden bereits leer geräumt.

„Wo ist meine Ware?", will Susi wissen.

Die Frau zuckt mit der Schulter. „Verkauft."

„Gut, dann bekomme ich das Geld dafür. Es dürften fast 20.000 Mark sein."

Die Frau zuckt wieder mit der Schulter. „Habe ich nicht."

„So geht das nicht!", schreit Susi aufgebracht, doch die Frau hält mit beiden Händen ihren Babybauch fest, dreht sich um und lässt sie einfach stehen.

Susi geht zum Amtsgericht. Dort gibt man ihr deutlich zu verstehen, dass man die Frau nicht dafür haftbar machen kann.

„Frau Herzog, Sie haben ihr die Ware überlassen, also ist es kein Diebstahl", erklärt der Beamte. „Auch wenn Sie das nicht verstehen, so ist die deutsche Rechtssprechung."

Völlig fassungslos fährt Susi zurück ins Büro. Doch schon unterwegs beruhigt sie sich. Sie hat die seltene Gabe, sich nicht lange über Dinge zu ärgern, die sie nicht ändern kann und konzentriert sich schnell auf aktuelle Aufgaben.

Recht bald muss sie einen Fahrer, eine weitere Kraft fürs Lager und jeweils Mitarbeiter für die notwendig gewordenen Außenstellen in Chemnitz und Marienberg einstellen. Dazu mietet sie Räume in größeren Betrieben, weil diese über Lagermöglichkeiten und vor allem über eine Telefonverbindung verfügen. Einen Telefonanschluss zu bekommen ist nach wie vor eines der größten Probleme in Sachsen. Außerdem verläuft das Stromnetz über Freileitungen, die bei jedem kräftigen Wind oder gar Gewitter aneinander schlagen und der Strom komplett ausfällt – kein Licht, keine Heizung, kein Telefon, kein Computer.
Susi arbeitet die gesamte Woche über in ihren Büros, leitet die Mitarbeiter an und pflegt die wichtigsten Kundenkontakte. Sie wohnt während dieser Zeit bei ihren Eltern, die sich nicht nur um die Tochter kümmern, sondern auch tatkräftig in der Firma helfen. Meist sitzt sie bereits sieben Uhr am Schreibtisch und macht erst nach 22 Uhr Feierabend, kommt nur zwischendurch zum Essen in ihr Elternhaus.

Mindestens einmal pro Woche fährt sie zu den beiden Außenstellen. In Marienberg ist sie besonders gern. Die Menschen dort sprechen einen ganz eigenen Gebirgs-Dialekt, den Susi sehr gern hört, aber nicht immer korrekt versteht. Er klingt noch heimeliger als das gewohnte gemütliche Sächsisch.
Einmal im Monat trommelt sie alle zehn Mitarbeiter zu einer Schulung zusammen. Anschließend lädt sie die komplette Mannschaft zum gemeinsamen Essen in einen Gasthof ein, um das persönliche Verständnis füreinander zu fördern. Denn wegen der verschiedenen Büros und Aufgaben haben alle kaum Kontakt miteinander.
Freitags fährt sie am späten Nachmittag Richtung München und verbringt auf der noch lange nicht fertig gestellten Autobahn viele viele Stunden, ebenso am Sonntag, wenn es nach dem Mittag zurück nach Sachsen geht.

Über Pfingsten gönnt sich Susi eine längere Arbeitspause. Sie fährt mit Manfred und den Kindern zu Uwe in die Schweiz, wo sie sich in der herrlichen Bergwelt wunderbar erholen kann und viel Zeit für ihre Familie hat.

Susi und Manfred in Hongkong

Kurz darauf fliegt sie wieder nach Hongkong. Dieses Mal begleitet sie Manfred. Er schaut beim Landeanflug auf das unüberschaubare Meer aus Hochhäusern hinunter.
„Wo will der hier landen? Ich sehe keinen Flugplatz."
Genauso wie damals Susi ist er geschockt über die schmale Piste, die in den Ozean hinaus ragt. Bei der Fahrt durch die Straßen ruft er immer wieder aus: „Eine Wahnsinns-Stadt!"
Da Susi inzwischen zwei feste Lieferanten hat, die schnell besucht sind, überwiegt der private den geschäftlichen Teil.
Sie wohnen im Lee Gardens Hotel, und wieder im 14. bzw. 13. Stockwerk. Wieder irritiert sie das dichte Nebeneinander von bitterer Armut und modernem Chic. Trotzdem ist Manfred ebenso wie Susi hingerissen von dieser quirligen Stadt. Sie unternehmen Bootsfahrten durch das Fischerdorf Aberdeen, fahren hinauf auf den Peak, besichtigen chinesische Tempel, besuchen Macao und unternehmen eine Tour durch Rot-China.
Susi macht viele Fotos, allerdings sind diese

meist verwackelt, weil sie vom fahrenden Bus aus fotografieren muss, denn der Fahrer hält nur an vorgegebenen, staatlich genehmigten Stellen. So halten sie an einer Entenfarm, wo die berühmten chinesischen Pekingenten gezüchtet werden. Später besichtigen sie eine Universität. Dort sitzen die Studenten in großen dunklen Räumen absolut still über ihren Büchern gebeugt. Sie wirken auf Susi wie kindliche Marionetten für ein Touristen-Theater. Schließlich halten sie in einer Art Vorzeigedorf. Gleich am Ortseingang wird mit Hilfe von Wind und Handrechen Getreide und Reis bearbeitet, das einfach auf der Straße ausgebreitet ist. Es gibt verschiedene kleine Geschäfte, wo Manfred auf Gläser mit süß oder sauer eingelegte Schlangen und Würmern weist. Susi schüttelt sich und fragt sich, ob das die Leute tatsächlich essen oder zu Medizin verarbeiten. Sie sehen zerlumpte Menschen, die mitten im Straßenschmutz neben Abflusslatrinen hocken und emsig arbeitende junge Leute in weißen Hemden in einer Produktionshalle. Hier wird die Ware gefertigt, die von Honkong aus billig in die ganze Welt verkauft wird. Geschockt sind sie von der Poliklinik, die eher wie eine alte Garage ohne Türen und Fenster aussieht und wo wehende Vorhänge die Umkleidekabinen nur notdürftig verdecken. Ein typisch chinesisches

Mittag gibt es in einem der DREI Ferienhotels in ganz China. Susi kann sich nicht vorstellen, dass für dieses riesige Land nur drei Ferienhotels existieren. Doch Urlaub ist hier unbekannt, es gibt für die Arbeiter nur jeweils einen freien Tag zur Hochzeit und Beerdigung.

„Ist dir aufgefallen, dass die Leute hier in China alle so bedrückt wirken und überhaupt nicht sprechen?", will Manfred wissen.

„Ja, ich musste direkt an DDR-Zeiten denken. Damals war mir das nicht so bewusst, aber als wir im Westen ankamen, fielen mir sofort die lauten und fröhlich lachenden Menschen auf."

„Der gleiche Unterschied wie zwischen China und Honkong."

Manfred wundert sich, dass so viele Leute ein Telefon mit sich herumtragen und nahezu pausenlos unterwegs hinein sprechen. Es ist viel kleiner als sein Autotelefon, nur wie ein Hörer mit einer kleinen Antenne. So einen Apparat kennt er aus Deutschland nicht.

Susi und Manfred machen in Hongkong viele Fotos und kaufen sich einige Blusen und Hemden aus Seide und zur Erinnerung zwei Gemälde – eines, das Central vom Peak aus bei Nacht darstellt, gemalt auf schwarzem Samt und eines mit einem alten Segelboot vor Kowloon im Sonnenaufgang.

Urlaub

Im Juli und August sind Schulferien in Sachsen. Das war schon früher so. Auch die Ämter und somit die meisten Kunden befinden sich in der Sommerpause. Ausgerechnet jetzt erscheinen mehrere Artikel über Susis Bürobedarfs-Firma in der Freien Presse. Susi freut sich über das Interesse der Lokalzeitung, obwohl wegen der Ferien wohl nur wenige Leute vom guten und inzwischen recht bekannten Service der Firma lesen. Sogar der akute Platzmangel wird erwähnt. Susi seufzt, denn das Lager bricht wirklich aus allen Nähten.

Im August sind auch in Bayern Schulferien. Da sich Susi auf ihre Mitarbeiter verlassen kann, gönnt sie sich zwei Wochen Urlaub. Sie verbringt mit Manfred und ihren Kindern in Almeria eine wunderbare Zeit in einer traumhaften schönen Strandvilla inmitten einer grünen Gartenanlage mit vielen Palmen und Sträuchern voller Blumen. Dem Ferienhaus gegenüber ist ein herrlich großer Park mit riesig großen Laubbäumen, die es im Süden Spaniens höchst selten zu sehen gibt. Susi ist kein Strandmensch und fühlt sich eher

zwischen all dem Grün wohl. Der Blick auf die stattlichen alten Bäume vermittelt Susi Ruhe und Stärke. Sie würde sich in einer Gegend ohne Laubbäumen nie wohl fühlen.
Die Familie unternimmt viele Ausflüge. Besonders gut gefällt es ihnen in der alten arabisch wirkenden Stadt Mojacar, wo sie durch schmale Gassen bummeln. Ansonsten empfindet Susi die kahle Mondlandschaft ringsum eher bedrückend – sie braucht Bäume, um sich wohl zu fühlen. Manfred genießt wie die Kinder das Schwimmen im Meer.

André ist inzwischen fast so groß wie sein Vater. Er hat lange braune Locken, die ihm über die Schulter fallen bis hinunter auf Brust und Rücken. Nach dem Urlaub muss er sich von dieser prächtigen Mähne trennen, denn er beginnt eine Ausbildung zum Büro-Kaufmann. Er möchte nicht weiter zur Schule gehen, wo er sich langweilt und eingeengt fühlt. Außerdem empfindet er es nach wie vor unfair, dass nur die schriftlichen Leistungen bewertet werden und seine mündlichen Antworten nicht zählen.
Während der Heimfahrt Ende August stehen sie stundenlang im Stau, denn die Italiener und Franzosen haben gleichzeitig Ferienschluss und befinden sich auf derselben Autobahn wie Susis Familie. Sie kommen nicht voran. Gegen

Abend verlassen sie deshalb die Autobahn und suchen ein Lokal. Das ist schnell gefunden, nur ein Hotel für die Nacht gibt es nicht. Sämtliche Betten sind bereits belegt. Manfred lenkt den Audi zurück auf die Autobahn. Doch auch die Raststätte ist komplett überfüllt. Es gibt kein freies Bett, keinen Platz im Restaurant, kaum noch ein Fleckchen zum Parken.
„Was machen wir jetzt?", fragt Susi völlig frustriert.
„Entweder, wir fahren einfach weiter oder schlafen ein paar Stunden im Auto", entgegnet Manfred.
„Zum Weiterfahren bin ich zu müde."
Den Kindern ist es gleichgültig, sie können problemlos überall schlafen. Doch Susi fühlt sich nicht wohl in dem engen Auto, sie legt sich lieber draußen auf die Wiese.

Lange hält sich Susi nicht in München auf. Sie will schnell in ihren Büros nach dem rechten sehen und freut sich, dass es offenbar keine Probleme gibt.
So erfüllt Susi ihrem Vater einen großen Traum und fährt ihre Eltern hinauf an die Nordsee, auf die Insel Sylt zu Vaters Schwester Trautchen. Der Vater ist in Pommern an der Ostsee aufgewachsen und mag wie seine Geschwister keine Gegend so gern wie das Meer. Die

Nordsee ist zwar viel rauer als die Ostsee, doch das stört den Vater nicht. Er geht glücklich am Strand spazieren und lässt sich vom Wind durchpusten, während seine Frau vom Wind geschützt in einem Liegestuhl in der Sonne liegt.

Danach geht die Arbeit und die Fahrerei zwischen München, Halsbrücke, Chemnitz und Marienberg weiter.
„Alles geht plötzlich schief!", schimpft Susi.
Ihr Fahrer hat sich beim Fußballspielen den Fuß gebrochen und fällt nun wochen- oder gar monatelang aus. Die Sekretärin hat Ware aus dem Lager genommen und heimlich auf dem Freiberger Markt verkauft. Die Marienberger Mitarbeiterin möchte künftig lieber daheim bei ihrem Kind bleiben. Im Chemnitzer Büro gibt es Streit zwischen den drei Mitarbeitern. Ihr Außendienstler wechselt zur Konkurrenz. Eine Lagerhilfe verklagt Susi, weil sie meint, sie müsse die unteren Regale aus nicht bestücken, weil ihr das zu anstrengend ist. Der zweite Außendienst verlangt einen Lohnausgleich, weil während der Sommermonate weniger Umsatz und deshalb weniger Provision anfiel. Zu allem Unglück verliert Susi sämtliche Prozesse mit der Begründung, dass eine Firma geringfügigen Diebstahl zu verkraften hat, die Lagerarbeiterin

zwar gekündigt, aber noch drei Monate voll bezahlt werden muss und der Außendienst Anspruch auf gleichbleibenden Lohn hat.

„Viel Verantwortung heißt viele Sorgen. Viel Arbeit bedeutet viele Probleme", erklärt der Vater.

„Das sagt mein Anwalt auch, doch das tröstet mich nicht."

Glück ist Zufriedenheit, Beständigkeit. Doch seit einigen Monaten war nichts mehr beständig und Susi nicht mehr zufrieden.

Ruhe findet sie erst während der Feiertage zu Weihnachten in München bei ihrer Familie, doch Silvester verbringt sie bereits wieder bei ihren Eltern in Halsbrücke. Die Mutter sitzt ganz geknickt auf dem Sofa, ihr Arm ist im Gips, weil er durch einen Sturz gebrochen ist. Das heißt, dass Susi im Haushalt der Eltern mithilft und der Mutter im Bad zur Hand geht.

André

Gegen Mittag klingelt das Telefon. Manfred ist am Apparat. Susi berichtet ihm vom Sturz der Mutter, doch er scheint nicht wirklich zuzuhören.

„Ist etwas mit den Kindern?"

„André liegt im Krankenhaus. Rege dich nicht

auf, es ist nicht dramatisch."
„Nicht dramatisch?" Susis Stimme überschlägt sich.
„Ihm sind Silvester-Knaller in den Rücken gefallen und haben ihn verletzt. Sorge dich nicht, ihm geht es soweit gut und er albert längst mit seinem Zimmernachbarn herum."
Später erfährt Susi, dass es eine Verbrennung dritten Grades ist und die Verletzung viel schlimmer als von Manfred zugegeben.
Als Susi wieder in München ist, ist André bereits wieder daheim. Sein ganzer Oberkörper ist eingebunden und muss regelmäßig vom Arzt versorgt werden. Er muss nach wie vor auf dem Bauch schlafen, weil die Haut auf dem Rücken noch nicht verheilt ist und schmerzt.

André trifft sich am Abend oft mit seinen Freunden. Manchmal kommt er über Nacht gar nicht nach Hause. Das ist normal für einen jungen Mann von 19 Jahren. Sein Gesicht ist schmaler geworden, er wirkt männlicher, doch unter seinen Augen sind dunkle Schatten. Und diese Schatten machen seinen Eltern Kummer. Manchmal wirkt er wie weggetreten und muss lange überlegen, um die besorgten Fragen der Eltern überhaupt zu verstehen.
„Ich glaube, André nimmt Drogen", vermutet Manfred.

„Bist du verrückt?"
„Wie erklärst du dir sonst sein seltsames Verhalten?"
„Ich habe mir auch schon Gedanken gemacht, weshalb er kaum noch Hunger hat und ständig schläft, wenn er daheim ist."
„Er redet nicht einmal mehr mit Anett."
„Sie sagt, mit ihm könne man nicht reden, er sei blöde."
„Ob sie etwas weiß?"
„Das glaube ich nicht."

Noch am gleichen Tag spricht Susi ihren Sohn direkt an. „Nimmst du Drogen?"
André zuckt mit der Schulter. „Quatsch."
„Du wirkst aber so. Irgendwie seltsam."
„Unsinn." Er dreht sich zur Seite und knaubelt gedankenverloren an seinen Fingernägeln. Am liebsten hätte Susi „Lass das!" gefaucht, doch sie beherrscht sich. Sie vermutet, dass André ihre Fragen nicht beantworten wird und wechselt das Thema.
„Wie läuft es bei deiner Arbeit?"
„Geht so. Habe keinen Bock auf den Mist."
„Mist?" Susi ist entsetzt.
„Ach, ich soll Hemd und Jackett tragen, aber die Weiber dürfen im Pulli kommen. Wenn ich jetzt im Winter Pullover trage, lassen die Idioten mich gar nicht rein. Mistvolk!" André steht auf

und verlässt den Raum.

„Willst du nichts essen?", ruft ihm Susi hinterher.

„Nein, nur meine Ruhe."

Die Tür knallt laut ins Schloss. Susi ist fassungslos. Sie weiß nicht, ob sie ihm nachgehen oder ihn wirklich einfach in Ruhe lassen soll. Schließlich ist er erwachsen. Überhaupt schockt sie der rüde Umgangston.

André geht am späten Abend wieder weg.

„So geht das nicht weiter", schimpft Susi.

„Wie willst du das verhindern? Du kannst ihn weder daheim anbinden noch an der Hand zur Arbeit führen."

„Soll ich zusehen, wie unser Sohn versumpft?", regt sich Susi auf.

Nachdem André drei Tage nicht daheim war, halten es seine Eltern nicht mehr aus und gehen ihn suchen. Zuerst befragen sie seine Freunde. Dabei stellt sich heraus, dass er mit ihnen seit Wochen keinen Kontakt mehr hat. Sie deuten an, dass André Drogen nimmt und in seltsamen Gegenden herumhängt. In den Filmen und Reportagen über Drogenabhängige wird immer der Bahnhof gezeigt. Deshalb fahren Susi und Manfred zum Bahnhof und hoffen und fürchten gleichzeitig, ihren Sohn dort zu finden. Sie schauen sich zwischen den

Pennern um, die hier vor der winterlichen Kälte Schutz suchen. Susi lüpft jede Decke, unter der ein Kopf verborgen sein könnte. Doch André finden sie nicht.

Gegen Morgen geben sie die Suche auf. Susi hat starke Kopfschmerzen, kommt aber nicht zur Ruhe. An Schlaf ist sowieso nicht zu denken. Manfred geht zur Apotheke, um ein Schmerzmittel zu besorgen. Dort trifft er auf einen Jungen, mit dem er André schon mehrfach gesehen hat.

„Weißt du, wo André ist?"

Der Junge zuckt mit der Schulter, dreht sich um und geht. Doch Manfred packt ihn derb am Arm und hält ihn fest. Er dreht ihn zu sich herum. Der Junge schaut Manfred mit vor Schreck weit aufgerissenen Augen an. Manfred ist sofort klar, dass er ebenfalls Drogen nimmt.

„Du sagst mir jetzt sofort, wo André pennt oder ich vergesse mich!"

Manfred ist fast einen Kopf größer als der Junge. Der dreht den Kopf zur Seite. Um die beiden Männer haben sich schon einige Zuschauer gebildet. Der Junge schaut sich ängstlich um. Manfred packt ihn noch fester und schüttelt ihn. „Adresse!", brüllt er laut. „Los! Rede!"

„Weiß nicht", stottert der Junge. Dann setzt er leise hinzu: „Eine alte Villa auf der Kutschinger."

Manfred gibt den Jungen frei. Der rennt ein paar Schritte und schreit zurück „Blöder alter Wichser!" Dann ist er verschwunden.

Manfred sucht sofort im Stadtplan nach der genannten Straße und fährt hin. Die Haustür steht offen, also geht er einfach hinein. Drinnen empfängt ihn ein seltsam süßlicher Geruch. Es ist kalt. Überall hocken und liegen junge Burschen, doch André entdeckt er nicht.

„Bist kein Bulle, was suchst also hier?", spricht ihn ein Junge an.

„Meinen Sohn André."

„Der Penner darf sich hier nicht mehr blicken lassen, frisst sich durch, aber zahlt nicht."

Manfred glaubt, dass sich die Jungs Ersatzdrogen auf Rezept holen, weil er den Burschen, der ihm die Adresse gegeben hat, direkt in der Apotheke getroffen hat. Vielleicht löst auch André hier sein Rezept ein. Viel Hoffnung hat Manfred nicht, denn in München gibt es unzählige Apotheken. Doch Andrés Kumpel hat er vor einer ganz bestimmten getroffen. Und vor dieser Apotheke bezieht Manfred Stellung.

Bereits am dritten Tag erkennt er seinen Sohn, wie er quer über den Platz mit hängendem Kopf angeschlappt kommt. Er sieht schmutzig aus, sein Gesicht wirkt alt und eingefallen.

„Hallo, André!", ruft er ihm freundlich zu. „Geht

es dir gut?"

André lächelt schief und nickt.

„Wenn du eine Dusche, was zu essen oder ein Bett brauchst … Du weißt, wo du es findest. Hast du noch deinen Schlüssel?"

Wieder nickt André und greift tastend an seine Hosentasche.

„Servus. Machs gut!", grüßt Manfred und dreht sich weg. Am liebsten hätte er seinen Jungen einfach in die Arme geschlossen und mit Macht nach Hause geschleppt. Doch instinktiv ist ihm klar, dass dies nicht funktionieren kann. Hastig wischt er sich mit dem Ärmel über die Augen und überlegt, wie er das soeben Erlebte Susi klarmachen kann. Susi würde nicht verstehen, dass er André nicht gleich mitgebracht hat. Sie würde ihm Vorwürfe machen, ihn beschuldigen, nichts für seinen Sohn zu tun. Deshalb beschließt er, ihr gar nichts zu erzählen. Er weiß, dass Susi nichts so sehr hasst wie Lügen, doch er sagt sich, dass das Weglassen keine wirkliche Lüge ist.

Keine Stunde später, als er mit Susi und Anett am Abendbrottisch sitzt, hört er die Tür schließen. Schnell greift er Susis Hand und hält sie fest. „Lass ihn! Er ist von selbst gekommen."

André duscht wohl eine halbe Stunde lang. Danach hört Susi ihn im Kühlschrank rumoren.

Sie hat ihm bereits Schnitten mit Käse und Schinken vorbereitet, sie musste irgend etwas tun, konnte nicht still und tatenlos herumsitzen. Sie trägt das Brettchen mit den Schnitten in die Küche und stellt es dort auf den Tisch. Dann streichelt sie André über die Wange und küsst ihn.
„Lass es dir schmecken, mein Liebling!"
André nimmt das Brettchen und geht in sein Zimmer. Dort legt er sich auf sein Bett und schläft volle 18 Stunden durch.

Die Diagnose

Susi fühlt sich nicht wohl, eher zunehmend schwach. Morgens kommt sie nur schwer aus dem Bett und würde nach dem Mittagessen am liebsten schon wieder schlafen. Außerdem wird sie ihren Husten nicht los, der sie schon seit Wochen quält. Schließlich geht sie in München zum Arzt. Der schickt sie nach einer kurzen Untersuchung zu einem Spezialisten, der zuerst einmal ihre Lunge röntgt.
„Sie haben einen Tumor in der Lunge", erklärt der Facharzt ohne Umschweife.
„Ach was. Ich habe einen Schatten auf der Lunge seit meiner Kindheit. Es war nicht wie vermutet eine TBC, wegen der ich ein Jahr in

einer Heilstätte verbrachte, sondern nur eine Rippenfellentzündung. Die macht mir halt hin und wieder Probleme, weil sie damals nicht behandelt wurde. Weiter nichts."

„Weiter nichts also."

Susi schüttelt den Kopf.

„Glauben Sie, ich muss mich von Ihnen belehren lassen?" Die Stimme des Arztes klingt scharf, fast drohend.

„Ich will Sie nicht belehren, sondern informieren, weiter nichts."

„Weiter nichts", wiederholt der Arzt. „Es ist wie ich bereits sagte weiter nichts als ein gewöhnlicher Lungen-Tumor, der dringend behandelt werden muss. MUSS habe ich gesagt."

„Das heißt?"

„Das heißt, dass Sie sich operieren lassen müssen und zwar sofort. Viel Zeit bleibt Ihnen nicht."

Susi sackt in sich zusammen. Dann strafft sie sich und fragt: „Wie viel Zeit bleibt mir?"

„Zwei Monate, vielleicht drei. Sie haben eigentlich überhaupt keine Zeit, lange zu überlegen."

„Ich muss nicht überlegen."

„Gut." Der Arzt blättert in seinem Kalender. „Ich werde den Eingriff selbst vornehmen."

„Sie haben mich falsch verstanden", unterbricht

Susi. „Ich lasse mich nicht aufschneiden. Ich sterbe lieber an mir selbst als an einem Messer eines mir fremden Menschen."
„Was reden Sie da?", schreit der Arzt. Dann setzt er sanfter hinzu: „Ich kann mit Ihrem Mann sprechen."
„Ich kann selbst mit meinem Mann sprechen."
„Überlegen Sie in Ruhe!"
„Da gibt es nichts zu überlegen. Guten Tag."
Susi steht auf und verlässt den Raum. Sie sieht eine Bank auf dem Gang, doch sie will sich nicht setzen, obwohl sie das Gefühl hat, dass ihr gleich die Beine einknicken. Wenn sie sich jetzt hinsetzt, schafft sie es nicht bis vors Haus und schon gar nicht bis auf den Parkplatz. Panisch stürzt sie durch die Ausgangstür und sucht lange nach ihrem Auto. Sie weiß einfach nicht mehr, wo sie es abgestellt hat. Endlich, nachdem sie den Parkplatz drei Mal von vorn bis hinten abgelaufen ist, sieht sie es nicht weit vom Ausgang entfernt stehen. Sie setzt sich ins Auto und befiehlt sich, nicht nachzudenken. Sie stellt das Radio lauter. Doch als sie mitsingen will, kommt kein Ton aus ihrer Kehle. Sie schluckt und will auf gar keinen Fall weinen. Sie erlaubt sich keine Gefühle, sie kann das. Vor allem während ihrer Zeit im Gefängnis hat sie gelernt, ohne jedes Gefühl zu existieren, zu funktionieren. Susi fährt sofort nach Hause und

ist dankbar, dass Manfred nicht bei Kunden unterwegs, sondern daheim ist.

Manfred hört sich alles in Ruhe an. Er kennt Susis Meinung zu medizinischen Eingriffen jeder Art und versucht gar nicht erst, sie umzustimmen. Er weiß, dass sie seit ihrer Kindheit kein Vertrauen zu Ärzten hat. Ihm ist damals ihre Geschichte sehr nahe gegangen, als sie von ihrem langen Aufenthalt in einer TBC-Heilstätte erzählte. Sie war damals noch keine zehn Jahre alt, als sie ein ganzes Jahr dort ganz allein bleiben musste, ohne ihre Eltern. Man ging nicht freundlich mit den kranken Kindern um. Diese ganze Qual und die vielen Medikamente, die sie schlucken musste - alles wegen einer falschen Diagnose.
Susi denkt vor allem an ihre Tochter Anett, die man ihr unmittelbar nach der Geburt wegnahm und in eine Universitätsklinik brachte. Mehrmals wurde ihr Blut ausgetauscht, was sie schwer krank und später eine Milzentfernung nötig machte. Auch das wegen einer falschen Diagnose.
Wie sollte Susi einem Arzt und seiner Diagnose vertrauen? Sie hängt an ihrem Leben und an ihren Kindern, doch operieren lassen will sie sich auf gar keinen Fall.

Nacht für Nacht liegt sie wach in ihrem Bett, findet keine Ruhe und schon gar keinen Schlaf. Vor dem Sterben hat sie riesige Angst und wagt kaum, ihre Augen zu schließen aus Furcht, nie wieder zu erwachen.

Manfred lebt hilflos neben ihr. Er lässt sie nicht aus den Augen und sucht nach Zeichen, die ihm erlauben, seiner Frau in ihrer Not beizustehen oder zu helfen.

„Was hältst du davon, deine Zeit in einem Sanatorium in den Alpen zu verbringen? Du magst die Berge und hast dort die ganze Welt zu deinen Füßen."

„Klar! Und bin gleich dem Himmel ein Stück näher gekommen."

„So meinte ich das nicht", korrigiert Manfred erschrocken.

„Ich weiß. Entschuldige bitte! Nein, dort wäre ich allein. Ohne euch ist alles noch viel unerträglicher für mich."

Manfred nickt. „Verstehe. Du brauchst vor allem Ruhe."

„So? Du weißt wohl besser als ich, was ich brauche? Ruhe ist das letzte, was ich brauche."

Manfred seufzt. Er sucht nach einer Idee, mit der er Susi aufmuntern und ihr Lebensmut geben kann. „Dann hast du nur eine Chance: du musst jeden Tag genießen so gut es nur geht und möglichst gar nicht an deine Krankheit

denken."
Susi nickt. So wird es gehen. Sie wird sich im Osten weiter um ihre Firma kümmern und wenn sie in München ist, um ihre Familie. So wie sie während ihrer Haftzeit die Sorgen um ihre Kinder und ihre Zukunft ausblenden konnte, so wird sie sich ab sofort auf ihre Arbeit konzentrieren und keinen Gedanken an ihren Tumor zulassen. Es gibt Dinge, die man nicht ändern kann, die man einfach hinnehmen muss.

Am nächsten Tag kommt Manfred mit der Nachricht, dass es Homöopathen gibt, die helfen könnten.
„Was ist denn das? Hömos...?"
„Homöopathen sind eine Art Heiler."
„Ach so. Nein, so einen Unsinn will ich nicht."
„Sei so gut und versuche es wenigstens. Ich habe bereits eine Telefonnummer. Es ist eine Frau. Bitte, rufe sie an!"
Susi zuckt mit der Schulter.
Manfred packt Susi am Arm. „Versprich es mir!"
„Ich verspreche gar nichts", brummt Susi. Doch ihr Widerspruch klingt dünn. Sie hat keine Kraft, sich zu äußern, irgend etwas zu begründen oder gar, sich zu wehren. Sie merkt, dass sie sich gehenlässt. In der Welt ist für Schwächlinge kein Platz. Susi weiß das. Sie

weiß auch, dass sie nicht der Mittelpunkt des Universums ist und ihr persönliches Drama weltweit gesehen völlig ohne Bedeutung. Sie muss einfach nur wählen, ob sie weiterleben will oder nicht.

Schließlich reißt sie sich zusammen und ruft in dieser Heilpraxis an. Es meldet sich nur ein Anrufbeantworter mit dem Hinweis, dass während der Behandlung keine Anrufe entgegen genommen werden.

Susi spricht kurz auf das Band. „Guten Tag. Mein Name ist Herzog. Bei mir wurde ein Lungen-Tumor diagnostiziert, der angeblich sofort operiert werden muss. Doch das will ich nicht. Wenn Sie meinen, mir helfen zu können, rufen Sie bitte zurück. Vielen Dank."

„Bevor ich mit der Behandlung beginne, erkläre ich Ihnen zuerst meine Arbeit. Danach können Sie entscheiden, ob das für Sie passt."

Susi nickt. „In Ordnung."

„Ein Homöopath ist ein Arzt, der nach seinem Studium sieben weitere Jahre eine spezielle Ausbildung durchläuft. Er behandelt den Patienten ganzheitlich. Das heißt, er sieht nicht nur das schmerzende Knie oder in Ihrem Fall die kranke Lunge und repariert bzw. operiert das Organ, sondern er sieht den kompletten Menschen mit seinem Umfeld und seinen möglichen Problemen. Das heißt, ich will den Auslöser Ihrer Krankheit finden, der den Tumor verursacht hat."

Susi kann sich nicht vorstellen, dass es solch einen Auslöser gibt, den diese Frau finden will.

„Wissen Sie, dass nahezu jede Krankheit ihre Ursache in der Psyche hat?"

Susi schüttelt den Kopf. Sie glaubt der Frau nicht.

„Die Behandlung erfolgt mit Globoli. Das sind kleine Kügelchen, die Ihrem Körper helfen, sich selbst zu heilen. Während der gesamten Zeit der Behandlung dürfen Sie weder Kaffee trinken ..."

„Keinen Kaffee? Ich bin Sachse, Kaffeesachse sozusagen."

„Keinen Kaffee! Sonst kann ich die Globoli gleich in den Abfall werfen. Also keinen Kaffee und keine Sachen, die Menthol enthalten. Menthol ist in Zahncreme, Bonbons und vielem mehr."

Susi ist sich sicher, dass Menthol auch in den Menthos-Bonbons sind, die sie im Osten täglich lutscht. Ohne diese Bonbons kratzt der Rauch aus den ständig übel qualmenden Schornsteinen im Hals. Die meisten Haushalte heizen mit Kohleöfen, was die Luft zum Schneiden dick macht, vom Dreck aus den Fabrik-Schornsteinen ganz zu schweigen.

Die Ärztin spricht weiter. „Die Heilmittel in diesen Globoli sind so stark verdünnt, dass sie kaum mehr nachweisbar sind. Doch ihre Wirkung ist um so stärker. Ich gebe Ihnen ein Buch mit über die Entstehung und Wirkungsweise der Homöopathie. Lesen Sie es und bringen es am nächsten Donnerstag um 14 Uhr zurück. Dann sagen Sie mir, ob wir anfangen können oder ob Sie Abstand nehmen."
Susi nickt. „In Ordnung. Bis Donnerstag also."

Das Buch liest Susi sofort durch. Sie kann sich allerdings nicht vorstellen, dass man eine Krankheit mit einem Mittel heilt, das bei einem gesunden Menschen die gleichen Beschwerden hervorruft. Gegen ihren Husten soll sie also ein stark verdünntes Mittel nehmen, das Husten verursacht. Das erscheint ihr völlig unlogisch. Susi hat beim Husten Schmerzen. Diese Schmerzen schreibt sie einer Entzündung durch den ständigen Hustenreiz zu. Welches Globoli-Kügelchen sollte einen Lungen-Tumor heilen? Ihrer Meinung nach kann sich die Behandlung nur auf den Husten beschränken. Doch dass vielfach verdünnte Globoli helfen können, erscheint ihr noch weniger logisch. Und Logik ist für Susi wichtig. Für sie muss alles eindeutig sein wie in der Mathematik oder Physik. Die Heilerin wirkte allerdings eher wissenschaftlich auf sie und nicht wie ein Spinner oder Scharlatan.

Susi liest: *„Der Körper soll fließbandmäßig und schnell repariert werden – das ist Funktionsmedizin und hat **nichts** mit Heilen zu tun. Die moderne Kultur trennt Körper, Seele und Geist, was verheerende Auswirkungen auf die Gesundheit und das ganze Leben hat."* So etwas hat sie noch niemals zuvor gelesen. Sie liest diesen Satz noch einmal und beginnt zu verstehen, was ihr die Homöopathin über Krankheiten und Psyche sagen wollte.

Susi ist völlig überrascht, dass die Ärztin sie nicht untersuchen will, sondern nur befragen. Erst jetzt fällt ihr auf, dass es hier nicht so typisch nach Medizin riecht wie in einer normalen Arztpraxis.

Die Fragen betreffen überhaupt nicht ihren Körper, sondern fast ausschließlich ihr Familienleben, ihre Ehe.

„Die Art, wie Sie antworten, wie Sie die Dinge sehen und begründen, sogar Ihre Gestik gibt mir Auskunft über Ihr Wesen. Das ist ebenfalls wichtig für die Behandlung."

„Was hat denn mein Charakter mit meiner Krankheit zu tun?"

„Bei jedem Menschen äußern sich Probleme in anderen Organen. Bei Ihnen ist es eben nicht der Magen oder das Herz, sondern die Lunge. Doch Ihre Lunge ist nicht wirklich krank. Sie zeigt Ihnen nur, dass etwas in Ihrem Leben schief läuft, dass Sie etwas ändern müssen."
Susi lacht. „Das kann ich mir nicht vorstellen."
„Und doch ist es so. Ihr spezielles Problem ist, dass Sie nicht loslassen können."
„Was soll ich denn loslassen?"
„Ihren Sohn zum Beispiel."
„Soll es mir gleichgültig sein, dass er Drogen nimmt?", faucht Susi empört.
„Für Ihre Gesundheit wäre das tatsächlich besser. Nur können Sie das nicht. Es muss auch nicht sein. Aber es muss sein, dass Sie Ihren Sohn seine Erfahrungen machen lassen. Er ist erwachsen und für sich selbst verantwortlich. Sie sind aus dieser Verantwortung entlassen. Verstehen Sie?"
„Theoretisch schon, nur praktisch ist das völlig unmöglich."
„Sie haben Ihr Kind umsorgt und erzogen. Nun ist diese Zeit vorbei. Sie müssen ihn ziehen lassen."
„Aha. Wenn ich meinen Sohn ungerührt seine Drogen nehmen lasse, werde ich gesund. Sehr logisch."
„Sehr sarkastisch."

Susi rutscht auf ihrem Stuhl hin und her.
„Ich bin noch nicht fertig", verkündet die Ärztin.
„Sie müssen auch Ihren Mann loslassen."
„Wie das?"
„Wenn er sich nicht für Ihre Firma interessiert, müssen Sie das akzeptieren."
„Aber es sollte doch *unsere* Firma sein. Ich will die nicht allein."
„Sie müssen sich entscheiden! Das heißt, wenn Sie Ihre Firma behalten wollen, dann sollten Sie die Konsequenz ziehen und vor Ort wohnen. Sie müssen sich dazu bewusst von München und allem, was dazu gehört, verabschieden. Notfalls auch von Ihrer Familie. Sprechen Sie mit Ihrem Mann. Finden Sie heraus, was Ihnen beiden wichtig ist und treffen Sie eine Entscheidung! Schauen Sie nicht zurück! Sie werden sehen, das macht Sie vollständig gesund. Am nächsten Donnerstag gebe ich Ihnen die Globoli mit."

Susi ist völlig geschockt darüber, dass sie mit ihrem eigenen Verhalten einen Lungen-Tumor verursacht haben soll, der sie wahrscheinlich in nur zwei Monaten sterben lässt. Kann ein Organ durch falsches Denken krank werden? Eigentlich hält sich Susi für entscheidungsfreudig. Doch vielleicht betrifft diese Entscheidungsfreudigkeit allein die Firma, das

Sachliche, das Emotionsfreie. Sie weiß, dass es sie stark macht, wenn sie Emotionen unterdrücken kann oder gar nicht erst zulässt. Sie reagiert zwar meist sehr schnell, laut und heftig und hält sich dennoch für sachlich kühl und nicht für gefühlsgesteuert.

Susi muss mit Manfred sprechen. Sie lebt nicht allein und fühlt sich immer als Teil eines Paares, weshalb sie kaum eine Entscheidung allein treffen kann und schon gar keine von solcher Tragweite für die ganze Familie.

Als sie daheim ankommt, liegt ein Brief für sie auf dem Tisch. Er kommt aus Malaysia von ihrem Bruder Uwe, der seit einiger Zeit dort wohnt und arbeitet. Er schreibt, dass er verliebt ist in ein wunderschönes indisches Mädchen und im Mai heiraten wird. „Ich möchte, dass meine Eltern und Schwestern bei meiner Hochzeit dabei sind und werde sämtliche Kosten übernehmen."

Susi ruft sofort ihre Schwester an. „Klar muss er die Kosten übernehmen", ereifert sich Ute. „Das macht man so, wenn man jemanden einlädt. Außerdem könnte ich sonst nicht hinfliegen."

Ute hat als Horterzieherin eine gut bezahlte Arbeit, auch ihr Mann verdient. Bei den Eltern sieht das allerdings anders aus, zumal die

Mutter seit der Wende arbeitslos ist. Pionierleiter werden nicht mehr gebraucht und einen ehemaligen Pionierleiter will seit der Wende keine Schule als Lehrer beschäftigen. Der Vater hat eine Rente, die viel kleiner ausfällt als ursprünglich erwartet. Susi beschließt, die Flugtickets für die Eltern zu bezahlen. Da Uwe den Aufenthalt in Malaysia finanziert, wird es keine Probleme geben.

„Ich kann gar nicht zu Uwes Hochzeit fliegen", ruft Susi entsetzt aus. „Genau in dieser Woche ist meine Messe."
Manfred und André sehen sich an.
„Wenn dir deine blöde Ostfirma wichtiger ist als dein Bruder … Ach, mach doch, was du willst!" Anett schürzt verächtlich die Lippen und geht aus dem Raum. In der Tür setzt sie noch ein „Typisch!" hinzu.
André lacht.
„Was gibt es da zu lachen?", faucht Susi.
„Anett ist in der Pubertät, weiter nichts."
„Und was bist du? Ein Drogen-Yankee?" Susi beißt sich auf die Lippen, doch die Worte sind gesagt und können nicht mehr zurück genommen werden. Sie fürchtet, dass nun auch André Türen schlagend davon rennt. Doch er lehnt sich ruhig in seinem Sessel zurück. „Ich werde dir sagen, was ich bin. Ich

bin dein Retter." André lacht wieder.

„Aha." Susi hält sich sicherheitshalber die Hand vor den Mund, denn ihr fallen gleichzeitig viele Sätze ein, die sie unbedingt ihrem Sohn an den Kopf werfen will. Manfred sollte ebenfalls endlich sein Fett wegbekommen, denn er kümmert sich überhaupt nicht um die Firma. Es ist seiner Meinung nach die Firma seiner Frau und geht ihn nichts an. Susi hat plötzlich keine Lust mehr, sich um die Firma zu kümmern. Sie will nicht allein im Osten arbeiten, sie will in München bei Manfred und ihren Kindern sein. Sie erwartet, dass sich ihr Mann schlichtweg für ALLES interessiert, was sie macht und was sie denkt. Doch an den Wochenenden schaut Manfred lieber Fußball, anstatt sich für Susis Probleme zu interessieren. Vielleicht sollte sie wirklich die Firma schließen und lieber wieder als Hausfrau in München bei ihrer Familie leben.

Susi atmet langsam aus. Sie konzentriert sich auf das Atmen, zumal ein neuer Hustenreiz sie quält. Doch sie will nicht husten, weil das schmerzt. „Und wie willst du Schlauberger mich retten?", hakt sie schließlich nach.

„Ganz einfach: Ich fahre am Sonntag mit dir nach Halsbrücke und helfe im Büro. Schließlich bin ich ausgebildeter Büro-Kaufmann."

Susi verzieht das Gesicht. „Nach einem halben

Lehrjahr kann man kaum von *ausgebildet* sprechen."

„Ich habe mich erkundigt. Du darfst mich ausbilden, denn für den Osten gibt es besondere Gesetze. Ich kann in Freiberg zur Berufsschule gehen und an den schulfreien Tagen und am Abend im Büro gleich praktisch lernen."

Susi schaut ihren Sohn fassungslos an. Sie weiß im ersten Moment nicht, ob sie sich darüber wirklich freuen soll. Doch sie weiß, dass das tatsächlich die Rettung wäre. Außerdem wäre er dann weg von München und seinen neuen Freunden und vor allem weg von den Drogen.

„Und die Messe manage ich. Logisch."

„Logisch", äfft ihn Susi nach.

„Und ich helfe auch", meldet sich plötzlich Manfred. „Schließlich habe ich umfangreiche Messeerfahrung."

Nun jubelt Susi. Sie ist nicht mehr allein für alles verantwortlich. Sie hat ihre beiden Männer an ihrer Seite und ist absolut glücklich darüber.

Malaysia

Am 8. Mai 1992 sitzt Susi bereits kurz nach Mitternacht mit ihren Eltern im Auto. Das ist

eigentlich zu früh, denn für die Fahrt nach Frankfurt brauchen sie nur fünf Stunden und der Flieger startet erst elf Uhr. Doch der Vater will sicher gehen, dass sie den Flugplatz auch dann pünktlich erreichen, wenn es unterwegs Staus oder sonstige Störungen geben sollte. Kurz vor der Auffahrt zur Autobahn fragt er: „Hast du die rote Tasche eingepackt?"
„Ich?" Die Mutter ist entsetzt. „Meinst du die kleine Reisetasche, in der unsere Gastgeschenke drin sind? Und die Marschverpflegung? Die Kanne mit dem Kaffee?" Die Stimme der Mutter wird immer lauter.
„Wir halten einfach an und sehen nach", versucht Susi, ihre Eltern zu beruhigen.
Tatsächlich fehlt die Tasche. Der Vater faucht: „Muss ich alles allein machen? Kannst du nicht aufpassen?"
„Wir fahren einfach zurück und holen die Tasche. Uns bleibt noch genug Zeit." Susi spricht ruhig, doch innerlich ärgert sie sich, dass sie nicht selbst noch einmal alles genau nachgesehen und abgefragt hat. Der Vater murmelt immerzu: „Liederlich! Liederlich!", und kann sich einfach nicht beruhigen.
Die ersten zwei Fahrstunden übernimmt der Vater. Susi merkt, dass er immer noch verärgert und auf der Autobahn unsicher ist und bittet ihn, den nächsten Rastplatz anzusteuern. Dort

packt die Mutter ein großes Schnittenpaket aus und eine Thermoskanne Kaffee. Nach der Stärkung setzt sich Susi ans Steuer. Sie ist langes Fahren auf der Autobahn gewöhnt und kennt sich außerdem im Frankfurter Raum recht gut aus. Schließlich hat sie früher einige Jahre mit ihrem Mann und den Kindern dort gewohnt.

Sie kommen viel zu früh auf dem Flughafen an, doch der Vater ist damit sehr zufrieden. Susi lädt ihre Eltern zu einem Frühstück ein. Nachdem sie ihre Koffer abgegeben haben, schauen sie sich auf dem riesigen Flughafen um und kaufen Champagner für das Brautpaar und Kognak für die Brauteltern. Susi hat daheim handgeklöppelte Fensterbilder mit Freiberger Motiven besorgt und ist sich sicher, Uwe und seiner Frau damit eine Freude zu machen. Als Utes Flugzeug aus Düsseldorf landet, ist die kleine Reisegruppe komplett. Elf Uhr starten sie mit der Malaysia Fluglinie.

Zwischenstopp ist wieder in Dubai. Susi möchte ihren Eltern die Goldverkaufsstände zeigen, findet sie aber nicht wieder. Außerdem haben die Eltern weder Lust noch Nerven, sich länger umzusehen.

Nach insgesamt 13 Flugstunden landen sie morgens sieben Uhr in Kuala Lumpur. Uwe holt sie ab. Neben ihm steht eine bildhübsche, sehr dunkelhäutige Inderin, die er als seine Braut Yogita vorstellt. Das Mädchen spricht nur Englisch.

Uwe führt seine Gäste in die Diners Club VIP-Lounge, wo sie sich nicht wirklich wohlfühlen, weil es so steif zugeht. Dabei sind die Sessel, in denen sie fast versinken, sehr bequem. Uwe erklärt, dass sie alle um 14 Uhr weiterfliegen nach Terengganu. Er habe selbstverständlich First Class besorgt, das sei er seiner Familie schuldig. Das beeindruckt alle sehr, denn Uwe scheint es offensichtlich finanziell sehr gut zu gehen.

Der sehr angenehme Flug Richtung Nordosten über dichte Wälder und hohe Berge ist für alle viel zu schnell vorüber. Dann fahren sie mit zwei Taxen nach Kuantan. Während dieser Stunde Fahrt sehen sie viel Armut und noch mehr Schmutz. Unter den Häusern, die auf Pfählen stehen, türmt sich stinkender Abfall, die Leute hocken oft einfach apathisch im Schmutz.

„Armut ist schlimm. Doch ich verstehe den Dreck nicht. Auch wenn man arm ist, kann man sein Haus und seine Kleider sauber halten", schimpft Ute.

Schließlich halten die Taxen vor einem Hotel. Uwe und Yogita verabschieden sich. Sie wollen erst am nächsten Tag kommen, wenn sich alle ausgeruht und ein wenig an die Hitze gewöhnt haben.

Susi und ihre Familie werden in ihre Zimmer geführt. Diese befinden sich in exotisch anmutenden Holzhäusern inmitten eines wunderschön angelegten Parks voller Palmen und Sträuchern mit stark duftenden, leuchtend roten Blüten. Die Räume selbst sind riesengroß und luxuriös eingerichtet mit einer schönen Terrasse, von der aus man das Meer sehen kann. Susi und Ute holen sofort ihre Badesachen aus dem Koffer und laufen an den Strand. Dort sitzt die Mutter bereits auf einer breiten Holzliege in der Sonne.

„Du musst in den Schatten! Sonst holst du dir hier in der Hitze einen Sonnenbrand", warnt Susi. Doch dieser Rat kommt zu spät, denn die Haut leuchtet bereits innerhalb einer Viertelstunde krebsrot. Der Vater trägt sicherheitshalber eine Schirmmütze und sein Oberhemd, obwohl er im Schatten sitzt.

Sie befinden sich nahezu allein am Strand und vermuten, dass er direkt zum Hotel gehört. Nur drei Touristen planschen im Wasser. Plötzlich hören sie Schreie: „Mannetür! Mannetür!" und sehen die Leute hektisch aus dem Wasser eilen. Eine Frau winkt Ute zu und macht Zeichen, sie solle ebenfalls an den Strand kommen.

„Was heißt das? Mann zur Tür oder so?"

„Da!" Ute zeigt aufs Meer. „Ein Krokodil!"

Tatsächlich steigt ein grünes Krokodil gemächlich aus dem Wasser und läuft direkt auf den Strand zu. Es ist so groß wie ein ausgewachsener Mann. Der Strand ist plötzlich komplett leer.

„Ein Krokodil ist das nicht." Der Vater schüttelt den Kopf. „Krokodile habe einen längeren Kopf. Ich habe so etwas noch nie gesehen."

Das Tier öffnet sein Maul und streckt eine lange gespaltene Zunge heraus, die länger ist als der gesamte Kopf. Dann dreht es sich blitzschnell um und ist im Hotelpark verschwunden.

Mit einem Mal setzt die Dämmerung ein.

„Ich bin müde", bemerkt Susi. Sie greift nach ihrem Handtuch. Auch ihre Schwester und die Eltern nehmen ihre Sachen. Gerade zum richtigen Zeitpunkt, denn wenige Augenblicke später ist es stockdunkel.

„Ich habe keine Lust, erst noch lange im Lokal zu sitzen. Ich bin total fertig. Mir reicht ein kleiner Imbiss. Im Zimmer liegt eine Art Speisekarte."

Ute stimmt ihrer Schwester zu. Sie bestellen sich ein Thunfisch-Sandwich und lassen es sich schmecken.

„Ih!", schreit Ute.

Ihr ist ein Stück vom Fisch auf den Boden gefallen und im Nu von tausenden winzigen Ameisen umringt.

„Wo kommen die so plötzlich her? Wohl aus den Ritzen", beantwortet Susi ihre Frage gleich selbst.

„Ich glaube, ich kann hier nicht schlafen", jammert Ute.

„Ach was, wir lassen einfach ein kleines Licht an, so können wir immer schnell nachsehen."

„Hörst du das nicht?" Utes Stimme klingt ängstlich.

„Was denn?"

„Es trippelt so. Vielleicht sind das Mäuse."

Susi dreht sich auf den Rücken und bemerkt kleine Schatten, die oben an der Holzdecke entlang huschen. „Schau!" Sie zeigt mit dem Arm nach oben.

„Eidechsen!", schreit Ute „Wenn die nun runter fallen, direkt aufs Bett, auf meinen Kopf vielleicht."

„Ach was. Wenn die gefährlich wären, hätte man uns gewarnt. Sie werden oben im Gebälk wohnen und dort auch bleiben."

„Aber hier unten haben sie Ameisen, die sie vielleicht fressen wollen."

„Und wenn schon. Ich schlafe jetzt." Damit dreht sich Susi zur Seite und schläft sofort ein.

Den nächsten Tag verbringen sie am Strand. Uwe hat gesagt, dass er sie am Abend zum Essen einladen wird. Leider hat er keine genaue Zeit genannt. Es ist bereits nach 20 Uhr, als er endlich in die Hotellobby schlendert. Der Vater ist schon verärgert, weil er gewöhnt ist, regelmäßig um sechs Uhr zu Abend zu essen. Er schimpft: „Essen zur Schlafenszeit, das ist liederlich."

Als alle an einem großen Tisch sitzen, erzählt Ute von den Eidechsen im Zimmer.

„Das sind Geckos, sehr nützliche Tierchen, die das Ungeziefer fressen", erklärt Uwe.

Susi wirft ihrer Schwester einen triumphierenden Blick zu. Dann fragt sie: „Uwe, was heißt eigentlich Mannetür?"

„Wie? Mannetür?"

„Oder so ähnlich. Das haben wir jedenfalls verstanden. Die Leute riefen es am Strand und rannten weg. Später kam so eine Echse aus dem Wasser."

„Ach, Monitor. Das heißt Waran. Habt ihr etwa einen Waran gesehen?"

Susi nickt.

„Der war mindestens zwei Meter lang und hatte eine gespaltene Zunge wie eine Schlange", ergänzt der Vater.

„Warane sind gefährlich. Ihr Biss ist auf jeden Fall tödlich", erklärt Uwe.

Alle schauen sich erschrocken an. Nun ist ihnen klar, weshalb der Strand plötzlich komplett menschenleer war.

Uwe bestellt auf Englisch viele verschiedene Gerichte. Er fragt niemanden, was er essen möchte, sondern legt das Menü einfach fest. „Ich zahle, also bestelle ich auch."

Susi wundert sich darüber, gibt sich aber damit zufrieden, weil sie sich mit den hiesigen Speisen nicht auskennt und die Eltern offenbar erleichtert sind, nicht selbst auswählen zu müssen. Die Vorsuppe ist sehr scharf. Der ganze Mund brennt derart, dass Susi außer der Schärfe nichts anderes mehr schmeckt, auch bei der Hauptspeise nicht.

Anschließend unterhält ein hübsches malaysisches Paar die Hotelgäste mit einheimischer Musik und aktuellen amerikanischen Songs. Uwe und Yogita verabschieden sich recht schnell.

„Dieses Mal sagst du uns die genaue Uhrzeit, damit wir uns darauf einrichten können", bestimmt Susi. Sie ärgert sich, dass der Vater in Uwes Gegenwart so zurückhaltend ist und nie offen seine Meinung sagt.

Der nette Kellner geht plötzlich auf die Bühne und singt ein herzzerreißend schönes indisches Lied. Susi ist absolut fasziniert und lässt sich

den Titel aufschreiben, um sich bei Gelegenheit eine Kassette von dieser Musik zu besorgen. Die Sängerin setzt sich zu ihnen an den Tisch. Sie spricht gut Englisch. Da aber Susi gerade so Umgangsenglisch versteht, kann sie ihren Eltern nicht alles übersetzen, was die junge Malaysierin erzählt. Doch immerhin hat sie verstanden, dass sich das gesamte Personal über Uwe amüsiert, weil er mit einer so dunklen, fast schwarzen Frau regelmäßig zusammen ist.
„Mein Bruder und Yogita werden nächste Woche heiraten", erklärt Susi.
Das will die Sängerin nicht glauben. Sie erklärt, dass kein einziger Mann in Malaysia eine Frau wählen würde, die dunkler ist als er selbst. Frauen wie Yogita hätten hier keine Chance, zumal sie ein Mischling ist.
„Mischling?", wundert sich Susi.
„Halb Inder, halb Tamile – das ist hier nicht gern gesehen."
Susi ist völlig überrascht und vergisst ganz, diese seltsamen Informationen zu übersetzen. Vor ihrer Reise hat sie sich genau informiert und weiß, dass dieses Land nur zur Hälfte aus Malayen besteht, die andere Hälfte bilden Chinesen, Inder und weitere Volksgruppen. Die meisten sind Moslems, doch es gibt auch Buddhisten, Hindus und Christen. Bei solch

einem Gemisch von Völkern und Religionen hat Susi automatisch eine sehr hohe Toleranz vorausgesetzt und ist nun enttäuscht, dass das offenbar nicht der Fall ist.

Am nächsten Morgen sitzen alle vier pünktlich zehn Uhr wie verabredet in der Hotellobby. Uwe will ihnen die Stadt und die Umgebung zeigen, doch er ist noch nicht da. Der Vater schaut auf die Uhr und tippt mit dem Finger aufs Zifferblatt.
„Unpünktlichkeit ist eine Unverschämtheit."
Unpünktlichkeit bringt auch Susi schnell auf die Palme. Sie sieht darin den Gipfel der Unhöflichkeit.
Kurz vor dem Mittag schlendern Uwe und Yogita Hand in Hand näher.
„Habt ihr schon gegessen?"
„Nein, natürlich nicht", zischt Susi. „Wir waren hier verabredet und nicht im Lokal – und zwar zehn Uhr."
„Wir frühstücken jetzt", verkündet Uwe, dreht sich um und geht ins Restaurant.
„Liederlich. Unpünktlich und liederlich", bemerkt der Vater so leise, dass es Uwe nicht hören kann.
„Wartet!", ruft Susi. „Wir kommen mit. Es ist sowieso gleich Mittagszeit."
Der Vater wollte noch etwas entgegnen, doch er schweigt. Er hat einen ganz roten Kopf und

Susi überlegt, ob vor Ärger über seinen Sohn oder von einem Sonnenbrand.

Wieder bestellt Uwe ungefragt das Essen für alle. Und wieder ist es ein komplettes Menü aus Vor-, Haupt- und Nachspeise. Doch dieses Mal hat er darauf geachtet, keine zu scharf gewürzten Gerichte auszuwählen.

Anschließend fährt der Hotelbus Uwes Eltern und Schwestern Richtung Süden nach Kerteh, Uwe selbst fährt mit seiner Braut in seinem eigenen Auto voran. Eine halbe Stunde später halten sie vor einem wunderschönen großen weißen Haus mit Säulen neben der pompösen Eingangstür. Yogita steht davor und sagt: „Welcome to our home."

Vor dem Eintreten müssen sie allerdings ihre Schuhe ausziehen, was Susi ärgert, zumal der Boden aus harten Fliesen besteht. Das Haus ist hell und modern eingerichtet, alle Räume voll klimatisiert. Uwe zeigt ihnen eine riesige blitzblanke Küche, ein überdimensional großes Wohnzimmer über zwei Ebenen, einen Schlafraum, einen Fernsehraum, Uwes Büro, drei Bäder und drei Gästezimmer. Susi fragt sich, warum sie im Hotel schlafen müssen, wenn es hier so viel Platz gibt.

„Was hast du gelernt? Und als was arbeitest du?", fragt der Vater seine künftige Schwiegertochter.

Yogita lacht und zuckt mit der Schulter.

„Sie ist Kindergärtnerin", erklärt Uwe.

Ute und die Mutter freuen sich sichtlich, während der Vater den Kopf schüttelt. Er beugt sich zu Susi und flüstert: „Ich hätte ihn für schlauer gehalten, ausgerechnet eine Kindergärtnerin."

Susi lacht. Sie geht hinüber zu Yogita, die seelenruhig mit einer Art Bildschirm spielt und überlegt sich ihre Frage auf Englisch. Sie will Näheres über Yogitas Arbeit wissen, doch die zuckt nur mit der Schulter.

„I have a husband."

Das erklärt offenbar alles. Die junge Frau strahlt eine tiefe Ruhe aus, sicher ein reizvoller Kontrast zu Uwes hitzigem Temperament. Susi hat das Gefühl, dass Yogita nicht mir ihr reden will und setzt sich deshalb zu ihrem Bruder, der etwas abseits in einem großen runden Korbsessel liegt.

Sie erzählt von den Kindern, obwohl Uwe nicht nach ihnen gefragt hat. Doch sie ist sich sicher, dass ihn alles interessiert, denn immerhin haben sie in Berlin und Offenbach direkt zusammen gewohnt und nahezu die komplette Freizeit gemeinsam verbracht. Sie verschweigt auch nicht Andrés Drogenprobleme.

„Wer Drogen nimmt ist für mich gestorben, ein für alle Mal!", faucht Uwe und schaut Susi aus

kalten Augen an.
Sie zuckt erschrocken zusammen. „Aber Uwe! Er ist dein Neffe und außerdem ..."
„Ich will nichts davon hören und erwarte, dass du ihn nie wieder in meiner Gegenwart erwähnst."
„Du kannst ihn nicht verleugnen!" Susi ist völlig fassungslos. „Du warst auch mal jung und hast Dummheiten gemacht", sagt sie leise. „Nur hast du dich mit Bier und Schnaps zugeschüttet, denn Drogen gab es damals in der DDR nicht."
„Schluss jetzt!", schreit Uwe aufgebracht.
Yogita hört die laute Stimme ihres Mannes und kommt sofort näher.
„Is everything allright?"
„In apple-pie order", gibt Uwe lachend zurück.
„Please, come here!", ruft Yogita und zeigt auf den sehr niedrigen schwarzen Couchtisch, der in der Raummitte steht. Dort hat sie Gläser aufgebaut und bittet Uwe, die mitgebrachte Flasche Champagner zu öffnen. Nun sitzen alle, auch die Eltern, recht unbequem auf den harten Bodenfliesen, wissen nicht, wohin mit ihren bloßen Füßen und schlürfen den feinen Sekt aus noch feineren Kristallschalen.
Danach bringt der Hotelbus seine Gäste zurück ins Hotel.

Am nächsten Tag sitzen sie wieder zu viert in

der Hotellobby. Die Stimmung ist gereizt. Susi will nicht schon wieder untätig auf ihren Bruder warten. Sie haben nichts verabredet, also möchte sie den Tag nutzen, um etwas von Land und Leuten zu sehen. Also erkundigt sie sich an der Rezeption nach Sehenswürdigkeiten in der Nähe. Man bietet ihr den Hotelbus samt Fahrer an, der sie gern hinbringen wird. Susi glaubt, das Wort Wasserfall verstanden zu haben und erzählt sofort begeistert ihren Eltern von dieser Möglichkeit.

„Wir können hier nicht einfach abhauen", gibt Ute zu bedenken.

„Wenn ihr nicht könnt – ich kann", kontert Susi trotzig. „Der Bus steht schon vor der Tür. Ich gehe jetzt. Kommt jemand mit?"

Der Vater steht auf und folgt Susi. Schließlich sitzen alle vier im Kleinbus und sind glücklich, etwas zu unternehmen. Der erste Stopp ist an einem kleinen Dorfmarkt, wo es alles, was man im Alltag braucht, zu kaufen gibt. Besonders beeindruckt das Obstangebot. Die Bananen sind winzig klein, schmecken aber viel besser als die Bananen, die sie in Deutschland kaufen können. Am leckersten findet Susi die Mangos, die unglaublich süß und saftig sind.

Sie stuppst ihre Schwester an. „Hast du gesehen, dass die meisten Frauen völlig verfaulte Zähne haben?"

„Oder gar keine", gibt Ute zurück. „Wahrscheinlich pflegen sie sich überhaupt nicht. Dabei sind sie bestimmt viel jünger als wir. Und ihre Kinder sitzen teilnahmslos daneben. Haben die hier keinen Kindergarten und keine Schule?"

Während der Weiterfahrt rennen Wasserbüffel über die Straße. Ehe Susi ihren Fotoapparat zur Hand hat, sind die Büffel bereits im Busch verschwunden und Susi bekommt nur ein halbes Dutzend dicke Hinterteile aufs Bild. Kurz darauf flitzt ein großer Leguan über die Straße. Und überall sehen sie viele abgemagerte Kühe. Die laufen in stoischer Ruhe über die Straße oder liegen im Baumschatten direkt den Autos im Weg. Keiner scheucht die Kühe zur Seite. Die Fahrzeuge halten an und warten oder fahren einfach langsam um die Tiere herum.

Der Fahrer hält den Bus an und winkt mit den Armen, dass alle aussteigen sollen. Er zeigt auf einen Weg, der in den Busch führt und macht Zeichen, dass sie dort entlang laufen sollen. Es herrscht ein unglaublicher Lärm von pfeifenden Vögeln und schreienden Affen, der sofort in den Kopf geht. Der Weg endet an einem Wasserfall. Ute und Susi haben ihre Badesachen dabei und laufen sofort ins Wasser. Ute schwimmt ein Stück, doch Susi kühlt sich nur die Beine und wagt es nicht, ganz ins kühle Nass zu tauchen.

Sie fürchtet sich vor Maden und kleinen Insekten. Auch die Eltern halten nur kurz ihre Füße ins Wasser. Der Vater ist absolut begeistert von der üppigen Vegetation und fotografiert die vielen unbekannten Sträucher und Pflanzen. Doch lange halten sie es in der Hitze des Dschungels nicht aus, sie wollen recht schnell zurück ins klimatisierte Auto.

Während der Rückfahrt zum Hotel halten sie an einer großen Palmen-Plantage. Fasziniert schaut Ute auf die unzählig vielen Palmen, die für sie Urlaub und Sonne bedeuten. Doch Susi hat das Gefühl, dass es nicht anders aussieht als auf einer Apfelplantage daheim im Leipziger Flachland – alle Bäume wie Soldaten in Reih und Glied. Sie mag keine Palmen, die statt Ästen und Zweigen mit vielen Blättern nur ganz weit oben eine Krone aus Wedeln haben. Sie fahren an vielen kleinen, recht ärmlich wirkenden Straßen-Cafés vorbei, in denen kein einziger Gast sitzt.

Am nächsten Tag bringt ein Großraumtaxi die Familie nach Kuantan, eine Fahrt über zwei Stunden. Von dort aus fliegen sie nach Alor Setar, wo Yogitas Eltern leben und die Hochzeit stattfinden soll. Der Flug kommt Susi wie ein Traum vor. Unter ihr der unendliche üppige Dschungel und mittendrin dunkelgrüne Seen.

Sie denkt zurück an die vergangenen Wochen mit all dem Kummer über André und ihren Tumor. Ihr fällt plötzlich auf, dass das Atmen nicht mehr schmerzt und nichts mehr sticht in ihrer Brust. Sie tut einen tiefen Atemzug und fragt sich, wann und wohin der Husten verschwunden ist. Sie sagt sich, dass im Leben alles so kommt wie es kommen muss. Im Moment hat sie keine Angst vor dem Sterben, im Moment ist sie einfach nur glücklich und genießt die Gegenwart. Vielleicht hat Malaysia sie gesund gemacht. Vielleicht hat sie einfach nur ihre Sorgen losgelassen. Jedenfalls nimmt sie sich fest vor, ab sofort alles viel bewusster zu erleben und zu genießen und die Verantwortung für sich und ihre Gesundheit voll zu übernehmen.

Alor Setar liegt ganz im Norden von Malaysia, fast an der Grenze zu Thailand. Susi und Ute unternehmen sofort einen Spaziergang, vorbei an hübschen kleinen Häusern an einem Fluss, der allerdings voller Abfall ist und unangenehm riecht. Sie sehen auch Moscheen und seltsame Säulenhallen, die viel gepflegter als die meisten Wohnhäuser wirken.
Am Abend sitzen sie im Hotelzimmer mit den Eltern zusammen, als plötzlich der Vater die im Duty-Free gekaufte Kognak-Flasche öffnet.

„Holt eure Zahnputzbecher! Wir genehmigen uns jetzt einen Schluck. Ich brauche das jetzt."
Die Vier sitzen in Nachtwäsche beisammen und trinken teuren Kognak aus billigen Plastikbechern.
„Uwe sagt, dass die Eltern seiner *Dame* keinen Alkohol trinken. Umso besser. Ich trinke welchen. Prost!"

Der nächste Abend ist ein ganz besonderer Abend: der Abend vor der Hochzeit. Die Braut wird traditionell im Kreis ihrer Familie auf dieses Ereignis vorbereitet und Uwes Familie darf dabei sein. Zuerst müssen sie ihre Schuhe ausziehen und Susi fühlt sich wieder einmal nicht wohl so barfüßig im feinen, rosa geblümten Seidenkleid.
Yogita sitzt im Schneidersitz auf einem Kissen am Boden. Sie trägt einen dunkelroten Sari mit einer goldenen Schärpe über der Schulter. Ihr schwarzes Haar ist hochgesteckt und mit einer dicken Goldkette geschmückt, um den Hals hat sie eine Girlande aus weißen Lotosblüten. Yogitas Tante kommt langsam und ganz feierlich näher. Sie trägt einen golden schillernden Sari und hält einen Metallstab in der Hand. Mit diesem macht sie rituelle Bewegungen über der Braut, bespritzt sie mit verschiedenen Wassern und betupft ihre Stirn

mit dunkelroter Farbe. Danach müssen alle Verwandten der Reihe nach das gleiche tun. Yogitas Mutter ist eine bildschöne Inderin, ebenso ihre Schwester und die sehr charismatische Großmutter, der Vater ein sehr dünner, dunkelhäutiger Tamile, Yogitas zahlreiche Geschwister eine Mischung aus beiden Elternteilen. Es sind auch viele kleine Kinder da, die alles mit großen Augen verfolgen und die Susi gar nicht zuordnen kann. Nach dieser feierlichen Zeremonie werden Geschenke verteilt. Susi will ihre Fensterbilder überreichen. Doch sie überlegt es sich anders, denn es gibt gar keine Fenster, nur Gitter und dahinter eine Art Fensterladen aus Blech.
Susi wundert sich, dass sich Yogitas Familie besonders auf sie und ihren Vater konzentriert, Ute aber kaum beachten. Sie hätte gern Uwe gefragt, doch der ist nicht dabei. Er darf seine Braut erst am nächsten Tag sehen.

14. Mai 1992, der große Tag der Hochzeit. Wieder sitzen Susi und ihre Familie im Hotel und warten. Alle vier sind sehr unruhig und befürchten, dass sie vergessen wurden, denn die verabredete Zeit ist längst verstrichen.
„Sogar zu seiner Hochzeit kommt dieser Mensch zu spät", schimpft der Vater. Er hat schon mehrmals gesagt, dass er diese Reise

bereut. Die ständige Warterei macht ihm sehr zu schaffen, denn er nimmt die angegebenen Zeiten sehr ernst, was hier in Malaysia offenbar keine Rolle spielt.

Der Fahrer der extra aus Penang bestellten großen Mercedes-Limousine kennt sich in Alor Setar nicht aus und fährt kreuz und quer durch die Stadt, ehe er endlich das Haus findet, in dem die Trauung stattfinden soll. Das Auto mit Susi und ihren Eltern und zwei Cousinen von Yogita folgt ihnen zuerst und nimmt dann ganz andere Wege. Als sie endlich am Rathaus ankommen, sehen sie Ute schweißgebadet in der Tür stehen. Man hatte sie zwischen sechs Männer ins Auto geschoben und dann allein vor dem Haus zurück gelassen. Sie ist sichtlich erleichtert, als Susi und die Eltern aus dem Auto steigen. Auch Susi ist ganz verschwitzt, denn im Fahrzeug war keine Klimaanlage und die eine Cousine recht dick, die zudem halb auf Susi lag und sie fast zerquetschte.

Mit zwei Stunden Verspätung sitzen alle im Trausaal. Nur ein Verwandter muss noch einmal losfahren, weil Yogita ihren Ausweis nicht dabei hat.

Heute trägt die Braut einen ähnlichen Sari wie am Vortag, jedoch aus besonders schwerer Seide. Er leuchtet in einem helleren Rot und ist über und über mit Gold bestickt. In ihr dickes schwarzes Haar ist eine Girlande aus Lotosblüten geflochten. Neben Yogita sitzt ihre Mutter, ebenfalls in einem wunderschönen Sari. Viele der Frauen tragen Saris, doch nicht alle. Neben Uwe sitzt seine Mutter. Er trägt ein knielanges weißes Seidenhemd und eine ebensolche Hose und sieht darin wie in einem Nachthemd aus. Seine Schwestern finden dieses Kostüm recht albern und können sich kaum das Lachen verbeißen.

Statt eines Eherings gibt es für die Frau eine schwere Kette, die drei Monate nicht abgenommen werden darf. Beide Partner schwören ewige Treue, die Frau außerdem dem Mann Gehorsam. Mit den Unterschriften wird die Vermählung besiegelt. Dann tauscht das Brautpaar schwere, stark duftende Blumenketten aus, die sie bereits während der ganzen Zeit um den Hals tragen. Weitere Zeremonien und das Bewerfen mit Reis, das für einen zahlreichen Kindersegen sorgen soll, beenden schließlich den offiziellen Teil.

Gegen 15 Uhr gibt es endlich Mittagessen in einem großen Saal voller Gäste. Das Essen haben die Frauen der Familie selbst zubereitet. Der Vater versucht, gute Miene zu machen und brummt leise: „Um diese Zeit gibt es bei ordentlichen Leuten Vesper."

Susi ist entsetzt, dass Uwe und vor allem Yogita mit den Fingern essen. Die Braut hat an jedem Finger und am Handgelenk viel goldenen Schmuck und außerdem rot lackierte Fingernägel. Und damit rührt sie in Reis und Soße herum. Zum Glück kann sie ihre Hände in bereitstehenden Wasserschalen reinigen. Susi ist froh, dass sie wie andere Gäste normal mit Besteck essen können.

Danach fährt die komplette Familie zum Fotografen, wo zum Leidwesen des Vaters wieder viel Zeit vergeht. Ute wird ziemlich weit hinten platziert, Susi vorn direkt neben die Eltern. Sicher liegt es daran, dass Ute sehr groß ist und sogar die meisten Männer überragt. Mit ihren goldblonden Haaren fällt sie ohnehin sofort überall auf.

Der Abend besteht wiederholt aus Warten. Warten. Und nochmals Warten. Warten auf den Hochzeitsabend, der in Yogitas Elternhaus stattfinden soll.

Uwe trägt nun eine feine graue Stoffhose und ein hellgraues Seidenhemd, Yogita einen goldfarbenen Festkittel über einer roten Hose. Ihre wunderschönen Haare fallen jetzt offen über ihre Schultern. Es werden selbstgebackene Kuchen gereicht. Danach beschließt man, zum Chinesen essen zu

gehen.
Hier findet Susi Gelegenheit, Uwe zu fragen, warum Ute meist in den Hintergrund gedrängt und wenig beachtet wird. Uwe haut sich gegen die Stirn, als fiele ihm etwas Entscheidendes ein.
„Die denken, Ute ist unverheiratet und zählt deshalb weniger als du. Immerhin bist du die älteste Schwester und hast zwei Kinder. Das muss ich klären."
Er informiert sofort Yogitas Verwandten, dass Ute seit vielen Jahren verheiratet ist und zwei Kinder hat. Plötzlich stehen alle auf und reichen Ute die Hand. Sie sind wie ausgewechselt und überschütten Ute mit vielen Komplimenten. Meist bewundern sie ihr leuchtend blondes Haar, das immer und überall stark auffällt und wonach sich alle Leute bewundernd umdrehen.
Susi wird klar, dass Uwe nicht allzu viel von seiner Familie erzählt haben kann. Sie glaubt, dass niemand weiß, dass Uwe aus Sachsen stammt, denn sie hört ihn immer nur von der Schweiz sprechen, wo er zuletzt gewohnt hat.

„Ich hatte euch gesagt: nichts weißes, nichts schwarzes, nichts rotes", schimpft Uwe.
„Nein, du hast gesagt: nicht komplett in Weiß, Schwarz oder Rot. Warum eigentlich?"
„Rot gehört allein der Braut, Schwarz ist die

Farbe der Trauer und Weiß trägt man hierzulande zur Beerdigung."

„Aber du warst komplett in Weiß mit deinem Nachthemd", korrigiert Susi lachend.

„Du vergleichst mich mit meinen Gästen?" Uwe ist empört.

„Außerdem hättest du uns das früher sagen müssen, schon vor dem Flug hierher. Die Eltern hatten extra festlich weiße Kleidung eingepackt."

„Und schwarz ist edel", ergänzt Ute. „Außerdem war mein Oberteil schwarz-weiß gestreift und nur der Rock schwarz."

Uwe winkt ab und lässt seine Familie einfach sitzen.

Alle sind völlig übermüdet, als sie endlich in ihre Hotelbetten fallen.

Am nächsten Tag kommen sie wie gewohnt pünktlich zur verabredeten Zeit in Yogitas Elternhaus an. Doch dort schlafen noch alle. Der Vater will sofort verärgert kehrt machen, die drei Frauen können ihn gerade noch zurückhalten. Später sitzen sie im Haus auf Bänken und folgen eher genervt als interessiert den endlos langen Diskussionen darüber, was man mit dem Tag anfangen soll. Uwe und alle anderen tragen jetzt Jeans und Shirts.

Es ist längst Mittag, als sie schließlich mit

mehreren Autos mit jeweils sechs bis acht Personen nach Penang aufbrechen. Dazu müssen sie auf eine Fähre, denn Penang ist eine Insel. Da die Straßen im Ortskern sehr schmal sind und keinen Platz für ein Auto bieten, laufen sie zu Fuß zwischen den Häusern entlang. Susi fühlt sich nicht wohl zwischen den hohen kahlen Wänden, denn die Häuser haben zur Straße keine Fenster.
„Wir führen euch jetzt in einen typisch indischen Gasthof", verkündet Uwe.
Um ins Lokal zu treten, müssen sie einen Abwassergraben übersteigen. Der Gastraum wirkt wie eine Garage, die Küche ist mitten im Raum, an den Wänden stehen Getränkekästen. Die Familie nimmt an einem großen Tisch Platz. Vor jedem wird ein riesiges Bananenblatt ausgebreitet. Susi glaubt, es wäre eine Art Platzdeckchen, doch sie merkt schnell, dass es einen Teller darstellt, denn direkt auf das Blatt wird Reis mit mehreren Häufchen Fleisch gegeben. Dann schöpft der Kellner Soße aus einem Eimer obenauf. Erschrocken greift die Mutter nach dem Blatt und hebt es vorn an der Tischkante an. Sie fürchtet, dass sonst die Soße auf ihren Rock kleckert. Das Essen selbst schmeckt ganz hervorragend. Jedes Fleischhäufchen ist anders wunderbar gewürzt und nicht allzu scharf. Zu trinken gibt es eine Art

Limonade. Susi ist froh, als der Kellner ihnen Besteck reicht. Sie möchte nicht wie Uwe und die anderen mit den Fingern essen.

Ute scheint es nicht zu schmecken, denn sie schaut sich immer wieder nervös um.

„Was hast du denn?", will Susi wissen.

„Ich habe vorhin eine Maus gesehen, jetzt wieder! Sicher knabbern die an den Vorräten. Das ist eklig."

„Igitt!" Susi schüttelt sich. „Denke einfach nicht daran! Es schmeckt wirklich alles köstlich."

Plötzlich steht Uwe auf und macht Zeichen, ihm schnell nach draußen zu folgen.

„Wir müssen noch ans Meer und dort unsere Blumengirlanden ins Wasser geben. Das bringt Glück für unsere Ehe."

Der Vater lacht. Er stupst Susi an. „Da habe ich mich Jahre bemüht, meine Frau glücklich zu machen, dabei hätte ich einfach nur eine Blume ins Wasser werfen müssen."

Uwe und Yogita haben sich für diese wichtige Zeremonie extra umgezogen und tragen nun weiße Oberbekleidung. Als sie am Meer sind, ist es inzwischen stockdunkel, nur die hellen Hemden und Blumen leuchten gespenstig vor dem im Mond glitzernden Wellen. Immer und immer wieder taucht Uwe seine Hände ins Wasser und versucht, die Girlanden aufs Meer hinaus zu treiben. Doch die schiebt der Wind lange Zeit zurück an den Strand.

Um zurück zu ihren Autos zu gelangen, müssen sie über einen Steinwall klettern, doch der Hang scheint sich zu bewegen. Über und unter und zwischen den Steinen huschen Ratten hin und her. Ute schreit auf.

„Ich kann nicht! Ich kann da nicht drüber. Wir müssen einen anderen Weg nehmen." Sie klammert sich an Susi fest, der es selbst ganz unheimlich zumute ist. Doch Uwe ist mit Yogita und deren Verwandten längst oben auf dem Steinwall und bereits am Abstieg. Susi befürchtet, hier in der Dunkelheit allein zurückzubleiben, packt fest Utes Arm und befiehlt: „Los! Wir haben keine Wahl. Wir schauen nicht nach unten und laufen einfach los."

„Und wenn wir auf eine Ratte treten?"

„Dann hat sie eben Pech gehabt."

Nun muss Ute lachen. Susi lässt ihrer Schwester keine Zeit zum Überlegen, sondern zieht sie einfach mit sich die Steine hinauf und auf der anderen Seite wieder hinunter. Dort fallen sich die Schwestern erleichtert in die Arme.

„Habt ihr nicht die vielen ekligen Ratten gesehen?", fragt Ute die Eltern.

„Was?" Die Mutter dreht sich um, doch der Vater schiebt sie weiter. Er legt den Finger an den Mund. Nun ist den Schwestern klar, dass er sehr wohl die Ratten bemerkt hat, aber nichts davon der Mutter verraten will.

Zurück aufs Festland geht es hoch über dem Meer über eine endlos lange Brücke. Sie ist dreizehn Kilometer lang und damit die längste in ganz Asien und die drittlängste der ganzen Welt. Vom Meer sehen sie allerdings in der Dunkelheit nichts.

In Yogitas Elternhaus angekommen, schlägt die Oma einen Sari-Abend vor. Sie winkt den drei deutschen Frauen, ihr ins Schlafzimmer zu folgen, wo sie jeder einen Sari reicht. Er besteht aus einem kurzärmeligen Shirt, das den Bauch frei lässt, und einer Art Tuch, das um die Hüften festgesteckt und schließlich locker über eine Schulter geworfen wird. Ute sieht mit ihren goldblonden Haaren in einem pinkfarbenen Sari hinreißend aus. Sie ist überdies sehr groß und überragt alle anderen Frauen. Zum Schluss bekommt jede Frau einen leuchtend roten Punkt auf die Stirn getupft. Susi sieht zwar nicht so wunderhübsch aus wie ihre Schwester, dafür versteht sie sich auf Bauchtanz, den sie in München in einer orientalischen Tanzgruppe lernte. Sie hofft inständig, dass wenigstens ein paar der vielen Fotos, die der Vater ganz begeistert schießt, die farbenprächtigen Saris und die besondere Stimmung wiedergeben.

Kurz darauf ist der Tag des Abschieds gekommen. Yogitas Mutter und Tante bereiten ein typisch indisches Festmahl zu. Nur Susi und ihre Familie sitzen am Tisch.
„Zuerst essen die Gäste, danach die erwachsenen Familienmitglieder und zum Schluss die Kinder, die sich mit den Resten begnügen müssen", erklärt Uwe.
Susi und ihrem Vater ist das peinlich. Sie wagen deshalb nicht, kräftig zuzulangen und von jeder der köstlichen Speisen zu probieren.
Schließlich werden sie von mehr als zwanzig Verwandten an den Flughafen begleitet und dort mit großem Hallo und vielen Umarmungen verabschiedet. Ein Onkel schenkt der Mutter eine große Tasche voller Kassetten, mit der sie Englisch lernen und somit ihre frischgebackene Schwiegertochter verstehen kann. Und Susi ersteht tatsächlich einige Kassetten mit malaysischen und indischen Songs.
Susis Vater kontrolliert das Gepäck und schlägt fassungslos die Hände über dem Kopf zusammen, denn es fehlt die rote Reisetasche. Schnell erklärt sich einer von Yogitas Brüdern bereit, ins Hotel zurückzufahren und findet die vergessene Tasche einsam in der großen Hotelhalle stehen. Rechtzeitig vor dem

Einchecken ist er mit dem Gepäckstück zurück. Trotzdem kann sich der Vater lange nicht beruhigen, so sehr ärgert ihn die Unachtsamkeit.

Das neue Bürogebäude

André begleitet seine Mutter nun jeden Sonntag auf ihren Fahrten in den Osten. Er besucht die Berufsschule in Freiberg, wo er seine Ausbildung zum Handelskaufmann fortsetzt. Allerdings besteht seine Klasse nicht wie in München ausschließlich aus Lehrlingen, die in einer Firma für Bürobedarf arbeiten. Es sind auch Verkäuferinnen für Lebensmittel und Kleidung dabei und André hat das Gefühl, hier nicht mehr viel lernen zu können. Am meisten ärgert ihn, dass es in den sozialen Fächern immer nur um Rechte der Angestellten geht, niemals um deren Pflichten und er fragt sich, wohin das führen soll.

Susi und André schlafen oben im Kinderzimmer, die Mutter bekocht die beiden und der Vater kümmert sich um die Lieferungen. Er nimmt Ware entgegen und zerlegt die Umverpackungen so geschickt, dass sie nicht allzu oft den Pappkontainer leeren lassen müssen, denn das kostet immer recht

viel Geld.
Als Uwe und Yogita zu Besuch kommen, müssen Susi und André das Kinderzimmer räumen und schlafen nun unten in der Wohnstube auf dem Klappsofa.

Eines Tages betritt ein Mann Susis Büro. Er interessiert sich nicht für die Ware, sondern spricht von einem Zeitungsartikel. In diesem Artikel wird über Susis Firma berichtet und davon, dass das Lager aus allen Nähten platzt.
„Das stimmt", gibt ihm Susi Recht. „Sie sehen selbst, wie klein dieses Haus ist. In meinen Außenstellen in Chemnitz und Marienberg geht es noch enger zu."
„Und wenn Sie nun ein großes Haus hätten, alles dort zusammenfassen und die drei kleinen Büros nicht mehr benötigen?"
Susi schaut den Mann ernst an. „Worauf wollen Sie hinaus?"
„Ich besitze ein großes Grundstück mit einem Werk darauf und viel Nebengelass. Es müsste zwar modernisiert werden, könnte aber gut zu Ihnen passen."
Überrascht schaut Susi den Mann an.
„Das Werk gehörte meinen Eltern, die in den 50ern zwangsenteignet wurden. Danach war es ein Volkseigener Betrieb und ist während der ganzen Jahre baulich nicht gepflegt worden.

Doch die Substanz ist gut. Ich habe mein Eigentum zurückkaufen können und lebe jetzt in der dazugehörigen Villa nebenan."
„In Freiberg?"
„Nein, in Großhartmannsdorf."
Susi zuckt mit der Schulter. Sie weiß nicht, wo dieser Ort liegt.
„Das ist nicht weit von hier entfernt Richtung Erzgebirge."
„Stimmt!", erinnert sich Susi. „Ich fahre immer durch diesen Ort, wenn ich zu meiner Außenstelle in Marienberg unterwegs bin."
„Ich kann Ihnen den Grundriss überlassen, damit Sie sich mit Ihren Anwälten und Ihrer Familie besprechen können. Über den Preis werden wir uns sicher einigen. Das Haus und das Gründstück können Sie sich selbstverständlich jederzeit anschauen."
Susi fährt noch am gleichen Nachmittag zusammen mit André nach Großhartmannsdorf. Das Grundstück kommt ihr riesig vor, doch es interessiert sie nicht so sehr wie das Haus. Die alte Fabrik mit zwei oberen Stockwerken ist solide gemauert und hat ein Dach aus Pappe. Die Fenster sind zwar alt, doch wegen ihrer Höhe von über zwei Metern wirken die großen Räume wunderbar hell und freundlich.
Susi beauftragt einen Architekten, sich die Bausubstanz genau anzuschauen und zu

prüfen, welche Mauern tragend sind und nicht herausgerissen werden dürfen.
Dann fährt sie zurück nach München, um diese völlig neue Möglichkeit für ihr Geschäft mit Manfred zu besprechen.

„Das Haus ist so groß, dass wir ausreichend Platz für ein Lager hätten, für einen repräsentativen Ausstellungsraum, mehrere Büros und sogar eine schöne große Wohnung."
„Wohnung?" Anett ist völlig entsetzt. „Ohne mich! Ich gehe niemals in den Osten, ich bleibe hier."
Doch Susi überhört ihren Einwand und erzählt begeistert weiter. „Neben dem Hintereingang gibt es eine Laderampe. Der Hof ist groß genug für die LKW, die die Ware anliefern und im Nebengelass können unsere Autos stehen."
Manfred ist begeistert und beschließt, gleich am Sonntag mit nach Sachsen zu fahren und sich das neue Haus anzuschauen. Doch vorher sprechen alle mit Susis Steuerberater. Er kennt am besten die finanzielle Situation und kann sehr gut einschätzen, ob sich so ein großer Umbau rechnet.

Ende August ist der Verkauf abgeschlossen und Susi stolzer Besitzer von 4.500 Quadratmeter Grund mit einem Fabrikgebäude von einer Grundfläche von knapp 450 Quadratmeter auf jeder der drei Etagen.

Nun kann der Ausbau beginnen. Zuerst lässt Susi überall neue Holzfenster einbauen. Die ortsansässige Baufirma übernimmt den Dachausbau für die geplante Wohnung. Sie schlagen eine alte Esse heraus, entfernen die uralten „Wildwest"-Verdrahtungen, ziehen neue Decken ein und bauen und fliesen ein großzügiges Bad und ein kleineres Duschbad, beide mit Pissoir für die Männer. Außerdem installieren sie viele Rohre für Wasser, Abwasser und Heizung. Ein ebenfalls ortsansässiger Elektriker sorgt für moderne Verkabelungen und unzählige Steckdosen im ganzen Haus. Susis Vater übernimmt die Aufsicht und Koordination der Handwerker. Er arbeitet zusammen mit seinem Bruder Fritz, der gelernter Maurer ist. Die beiden Männer bewältigen im Erdgeschoss verschiedene Mauerdurchbrüche und Fritz verputzt die Wände. Manfreds Vater, ein Malermeister, streicht das Treppenhaus weiß. Das ist ein hübscher Kontrast zu den dunkelgrauen Steintreppen und den braunen Holzdielen. Susi ist ganz begeistert von den wunderschönen alten Holztüren und bittet Manfreds Vater, sie grün zu streichen. Weiß und Grün sind die Farben Sachsens. Das hat Susi auch für ihr

Firmenlogo genutzt – grün auf weißem Papier wirkt freundlich. Grün steht für den Anfang, der Anfang einer hoffentlich erfolgreichen Handelsfirma.

Manfred hat seine Arbeit zum Jahresende gekündigt und wird bis dahin freigestellt. Er will ab sofort voll ins Geschäft seiner Frau einsteigen und sich vor allem um die Technik wie Kopierer, Faxe und Drucker kümmern und den Möbelverkauf übernehmen.
Anett sperrt sich nach wie vor. Sie bleibt energisch dabei, auf gar keinen Fall in den Osten zu ziehen.
„Vielleicht ist die Idee gar nicht so dumm, wenn sie hier in München wohnen bleibt", überlegt Susi. „So hätten wir eine Bleibe, wenn wir mal nach München wollen und müssten nicht ins Hotel."
Manfred lacht. „So ein Unsinn! Bei dieser hohen Monatsmiete könnten wir alle zusammen von dem gesparten Geld eine volle Woche im Hotel wohnen."
„Und wenn irgend etwas schief geht?"
„Es wird nichts schief gehen." Manfred nickt Susi zu, seine Sicherheit beruhigt sie sofort. Doch ihr tut Anett leid. Das Mädchen fühlt sich wohl in München und in ihrem Gymnasium. Sie hat nette Freundinnen und will auf nichts davon

verzichten. Anett mag sowieso keine Veränderungen, die machen ihr Angst.

„Wir fahren am Sonntag alle nach Halsbrücke", verkündet Susi.

„Ohne mich!", schreit Anett aufgebracht.

„Ohne dich. Du bleibst hier, eine volle Woche ganz allein und wirst testen, ob du damit klar kommst."

„Warum nicht? Umso besser, wenn mir keiner auf die Nerven geht", antwortet Anett schnippisch.

„Ich bin noch nicht fertig." Susi schaut ihre Tochter streng an. „Meine Bedingung ist, dass du die Wohnung sauber hältst. Mir ist gleichgültig, ob du dir jeden Tag eine Pizza kaufst und die ganze Nacht vor dem Fernseher hängst."

„Ph!" Anett schnauft verächtlich.

„Doch wenn wir Freitag Abend nach Hause kommen, will ich eine saubere Wohnung vorfinden, zumindest Stube, Küche und Bad. Einkaufen musst du nicht, das bringen wir alles mit."

Anett seufzt erleichtert.

„Wenn du es vermasselst, bist du selbst daran schuld. Eine zweite Chance gibt es nicht."

Susi weiß, dass dies eine recht schwierige Aufgabe ist, denn Anett ist alles andere als ein Ordnungsfanatiker. Im Grunde sieht die ganze

Familie die Hausarbeit sehr locker. Staub stört niemanden und es liegen auch hin und wieder Kleidungsstücke herum. Die beiden Kinderzimmer sind sogar eine Katastrophe, was Ordnung und Sauberkeit betrifft.

Susi ist also am Freitag auf alles gefasst und doch trifft sie fast der Schlag, als sie die Münchner Wohnung betritt. Es liegen nicht nur Chips über den Couchtisch verteilt, sondern mehrere Pizzaschachteln auf dem Sofa. In der Küche stapelt sich das schmutzige Geschirr einer ganzen Woche. Susi sagt kein Wort dazu. Sie weiß, wenn sie den Mund auch nur ein Stück öffnet, würde sie herumschreien und Anett wäre schnell in Tränen aufgelöst. Zumindest steht jetzt fest, dass die Wohnung gekündigt wird und Anett mit ins Erzgebirge zieht.
Am nächsten Morgen klingelt das Telefon.
„Grüß Gott, Frau Herzog. Mein Name ist Huber. Ich bin der Direktor des Gymnasiums, das Ihre Tochter Anett erfolgreich besucht."
Susi fragt sich, ob in der Schule etwas vorgefallen ist, obwohl das überhaupt nicht zu Anett passt. Sie ist eher unauffällig und schon immer eine sehr gute Schülerin gewesen.
„Sie dürfen Ihr Kind nicht zwingen, zurück in den Osten zu gehen", spricht der Direktor ohne

Umschweife aus.

„So? Ich darf nicht? Was darf ich dann?"

„Sie entschuldigen, aber das wäre ein herber Rückschritt für Anett. Sie lernt sehr gut und hat ein Recht auf eine gute Ausbildung, die sie ganz sicher im Osten nicht bekommt."

„Hat Ihnen meine Tochter auch erzählt, dass sie hätte bleiben dürfen? Doch sie hat diese Chance nicht genutzt, warum auch immer."

„Sie können doch Ihrer Tochter kein Ultimatum stellen, wenn es um so etwas wichtiges wie die Ausbildung geht."

„Doch, das kann ich sehr wohl. Vor allem, WEIL es um ihre Ausbildung geht."

„So dürfen Sie nicht reden", ereifert sich Herr Huber. „Das ist eine ganz falsche Entscheidung."

„Ich weiß. Was immer man auch tut als Mutter, ist wahrscheinlich falsch. Es ist nett von Ihnen, dass Sie sich solche Sorgen machen. Doch das ist nicht nötig. Ich werde Anett morgen mit in den Osten nehmen, wo sie auch so etwas ähnliches wie ein Gymnasium besuchen kann."

Susi legt auf und ruft nach ihrer Tochter.

„Du hast es fertig gebracht, zu deinem Direktor zu gehen. Aber du hast es nicht fertig gebracht, ein paar Pizzaschachteln vom Sofa zu räumen. Du kritisierst ständig, dass ich nicht konsequent genug bin und man sich nicht auf mich verlassen kann. Ich verspreche dir, jetzt bin ich konsequent und du kannst dich darauf verlassen, mit uns morgen in den Osten zu fahren."

„Ihr habt ja nicht einmal eine Wohnung. Sollen wir zu viert auf Omas Gästesofa schlafen?"

„Nein", beteiligt sich Manfred endlich an dem Gespräch. „Mutti und ich schlafen auf dem Sofa und ihr oben im Kinderzimmer."

„Ganz sicher nicht", entgegnet Anett wütend. „Ich gehe lieber zu deinen Eltern nach Freiberg. Die sind mir sowieso lieber als die von Mutti." Dann dreht sie sich um und wirft die Tür hinter sich zu.

„Ist doch gut gelaufen", kichert André. „Ihr müsst sie nicht mit Gewalt entführen und als Paket verschnürt ins Auto stopfen."

Susi kann darüber ganz und gar nicht lachen.

Manfreds Eltern nehmen Anett sehr gern auf. Das Mädchen hat allerdings einen langen Schulweg, weil sich die Erweiterte Oberschule, wo man wie in einem Gymnasium das Abitur machen kann, am anderen Stadtende befindet. Vom ersten Tag an gefällt es Anett überhaupt nicht in dieser Schule. Sie bezeichnet Schüler wie Lehrer als dumm und bedauert, dass man nichts lernen könne. Mathematik wäre auf dem Niveau einer dritten Grundschulklasse und die

Mädchen sowieso nur an Markenkleidern und Boygroups interessiert. Das halte sie für primitiv und kulturlos.

„Das ist ein hartes Urteil nach solch einer kurzen Zeit", wundert sich Susi.

„Ich muss nicht einen Monat in diese alberne Schule gehen, um das zu begreifen. Das war mir vom ersten Tag an klar, von der allerersten Stunde."

„Das habe ich begriffen. Ich begreife nur nicht, was du stattdessen machen willst."

Susi erwartet schon eine Schimpftirade auf den fürchterlichen Osten, während in München alles ganz wunderbar sei.

Doch Anett erwidert kühl. „Ich gehe ab morgen in Andrés Berufsschule."

„Und du glaubst, das wäre so einfach?"

„Logisch. Meine Zeugnisse sind gut, da kann ich mir aussuchen, was ich werden will."

„Und was willst du werden?"

„Das weiß ich nicht. Noch nicht. Jedenfalls etwas, wobei man denken muss – sofern es hier so etwas überhaupt gibt."

Tatsächlich kommt Anett am nächsten Tag ins Büro und verkündet, dass sie Buchhaltung lernt. Sie habe den elterlichen Betrieb als ihre Ausbildungsstätte angegeben und brauche wegen ihrer Vorbildung im Münchner Gymnasium nur das Abschlussjahr zu

absolvieren.
Susi umarmt ihr Mädchen. „Das hast du klug entschieden, meine Sonne. Ich hoffe, du wirst dich wohl und nützlich fühlen. Von Buchhaltung habe ich keine Ahnung."
„Aber ich", bemerkt André. „Schließlich bin ich bald ein Voll-Kaufmann."
Susi umarmt auch ihren Sohn. Sie freut sich, denn insgeheim hat sie sich von Anfang an eine echte Familienfirma gewünscht. Und nun könnte dieser große Traum wahr werden.

André besucht in Freiberg eine Fahrschule und bekommt im Dezember nicht nur den Führerschein, sondern sein erstes Auto, einen dunkelgrauen Mitsubishi.

Der Umzug

Am 25. Dezember 1992 mietet Manfred einen LKW, um das Umzugsgut der ganzen Familie ins Erzgebirge zu transportieren. Er belädt mit André fast allein das Auto. Beim Abladen helfen Susis Vater und ihr Cousin Thomas. Sämtliche Möbel und Kisten werden erst einmal im künftigen Ausstellungsraum deponiert. Dort legen sie einfach die Matrazen ihrer Betten aus, worauf sie während der ersten Nächte schlafen.

Die Küche hat ein Handwerker bereits eingerichtet, auch die beiden Bäder sind fertig. Thomas kommt am nächsten Tag wieder und hilft beim Tapezieren der beiden Kinderzimmer, die somit als erstes bezugsfertig sind.
Es ist Weihnachten. Da sollte man nicht allzu viel arbeiten und sich ausreichend Pausen gönnen. Als es nach dem Vesper draußen dunkel wird, setzt sich die Familie gemütlich auf den Stubenteppich und schaut den tschechischen Märchenfilm „Drei Haselnüsse für Aschenbrödl". Manfred hat selbstverständlich das Fernsehgerät gleich am ersten Tag angeschlossen. Nach dem Abendessen möchte André noch etwas erleben und plant, in Freiberg eine Disco zu suchen. Thomas ist müde und will nach Hause. Beide Jungs fahren nahezu gleichzeitig mit ihren Autos vom Hof.
Am nächsten Morgen kommt Thomas nicht, obwohl er eigentlich weiter beim Tapezieren und Möbelaufbau helfen wollte. Auch André ist nicht in seinem Zimmer. Leider haben sie noch kein Telefon, so dass sie auch keiner der beiden Jungs anrufen und informieren kann. Manfred und Susi machen sich also allein an die Arbeit und Anett hilft so gut sie kann.
Plötzlich stehen zwei Polizisten vor der Tür.
„Ihr Sohn liegt in Freiberg im Krankenhaus. Er hatte einen Autounfall."

Manfred packt instinktiv Susi fest am Arm. Erst, als er merkt, dass sie nicht mehr loslaufen will, lockert er den Griff. Sie fahren sofort ins Krankenhaus, ohne sich vorher umzuziehen. Dort finden sie André in einem Bett auf dem Gang.

„Endlich kommt ihr!", ruft er erfreut. „Habt ihr Sachen mit? Ich will hier sofort raus."

„Was ist mit dir?"; erkundigt sich Susi.

„Nichts. Ich habe gar nichts abbekommen, nur ein paar völlig unbedeutende Kratzer."

„Und warum liegst du hier auf dem Gang?"

„Weil hier eben solche Zustände herrschen. Die Ärzte reden gar nicht mit mir, quatschen nur untereinander. Echt ätzend!" André schwingt seine nackten Beine aus dem Bett.

„Wo sind denn deine Sachen?"

„Keine Ahnung."

„Warte! Ich kümmere mich drum." Susi sucht das Arztzimmer, kann es aber nicht finden, dafür läuft ihr eine Krankenschwester direkt in die Arme.

„Mein Name ist Herzog. Mein Sohn André liegt auf Ihrer Station, allerdings draußen auf einem Gang. Wo finde ich den diensthabenden Arzt?"

„Keiner da. Bis Neujahr sind wir dünn besetzt."

„Nun ..." Susi wollte gerade zu einem wütenden Vortrag ausholen, doch sie besinnt sich und versucht, sich zu beherrschen. „Wenn nichts dagegen spricht, werde ich meinen Sohn jetzt mit nach Hause nehmen. Wo sind seine Sachen?"

Die Schwester zuckt nur mit der Schulter und führt Susi in einen Raum, wo in einem Beutel Andrés Kleider und Schuhe aufbewahrt sind. Sie schnappt sich den Beutel und will aus dem Zimmer gehen.

„Halt!", ruft die Schwester. „Sie müssen noch unterschreiben, dass Sie ihn auf eigene Verantwortung mitnehmen."

„Die Papiere nehme ich aber mit!"

„Welche Papiere?"

„Ich rede von den Untersuchungsergebnissen, Röntgenaufnahmen oder ähnliches. Was eben so üblich ist."

„Hier ist so etwas ganz und gar nicht üblich. Patienten wird grundsätzlich nichts ausgehändigt."

„Aber Sie haben schon einmal aus dem Fenster geschaut und bemerkt, dass es keine DDR mehr gibt?"

Susi wartet die Antwort nicht ab, dreht sich um und geht schnell den Gang entlang, um André seine Sachen zu bringen. Nur schnell raus hier.

Am nächsten Tag meldet sich ein Autohändler aus dem Dorf. Er hat das Unfallfahrzeug abgeschleppt und fragt, ob sie es selbst

verkaufen wollen oder ob er sich kümmern soll.
„Fährt es nicht mehr?"; fragt Manfred.
Der Monteur lacht. „Der schafft keinen Meter."
Susi will das Auto sehen. Sie erkennt es nur an der dunkelgrauen Farbe wieder, ansonsten sind nur die Rückbank und die Seitenscheiben ganz geblieben. Die Motorhaube ist komplett eingedrückt, man kann direkt in den offenen Motorraum hinein schauen. Das Heck sieht um nichts besser aus, die hintere Stoßstange liegt halb daneben, die vordere fehlt ganz. Susi ist ein Rätsel, wie André nahezu unverletzt aus diesem Schrotthaufen herauskommen konnte.
„Ich kam in einer leichten Linkskurve ins Schleudern und habe mich ein paar Mal überschlagen. Die Straße war vereist", erklärt André.
„Zum Glück ist dir nichts passiert", tröstet Manfred und legt seinen Arm um die Schultern seines Sohnes.
„Aber die Karre ist Schrott." Das schöne neue Auto ist gerade einmal knapp drei Wochen gefahren.

Einige Tage später erfahren sie, dass auch Thomas auf vereister Straße aus einer Kurve getragen wurde. Er ist wie André unverletzt, doch sein Auto nicht mehr zu gebrauchen. Obwohl Susi nichts mit dem Unfall zu tun hat, fühlt sie sich mitschuldig. Thomas half völlig selbstlos beim Möbelschleppen und Tapezieren und verliert am Ende sein Auto. Das tut allen aufrichtig leid.

Nachdem sämtliche Räume in der Wohnung tapeziert, die Teppiche ausgelegt und die Möbel aufgebaut sind, streichen sie die Büros und den Ausstellungsraum. Dann endlich können die Schreibtische aufgebaut, die Schränke eingeräumt und die Bürotechnik installiert werden. Zum Schluss helfen alle Mitarbeiter beim Einrichten des Lagers.

Das neue Bürohaus

Freitag, den 26. Februar 1993 feiert der neue *Bürohandel Herzog* große Eröffnung. Die Bezeichnung Import-Export wird nicht mehr gebraucht, denn es wird keine Ware mehr aus Hongkong importiert und auschließlich im Großraum Chemnitz/Erzgebirge verkauft. An der Eröffnungsfeier nehmen der Bürgermeister des Ortes und einige Lieferanten teil. Statt vieler neuer Kunden wollen sich nur die Einheimischen umschauen, die in der früheren Fabrik gearbeitet haben.
Gleich hinter dem Haupteingang befindet sich

der moderne Verkaufsraum, der sich zum großen Lager hin öffnet. Dort ist Andrés Arbeitsplatz. Im ersten Stock kommt man zuerst ins Sekretariat, um von dort in die beiden Büros von Susi und Manfred zu gelangen. Auf der anderen Seite ist die Buchhaltung, in der Anett mit einer Sachbearbeiterin sitzt. Vom Gang aus erreicht man die wunderschöne Ausstellung von Büromöbeln und Bürotechnik. Dahinter befindet sich die großzügig eingerichtete Mitarbeiterküche und ein weiteres Büro.
Das Stockwerk darüber ist der private Bereich – die Wohnung der Familie.

Leider haben sie nur eine einzige Telefonleitung erhalten - selbst diese ist ein reiner Glücksfall und nur durch die guten Beziehungen der ortsansässigen Handwerker zustande gekommen. Das Telefon steht im Sekretariat, daneben ein Faxgerät. Allerdings muss immer, wenn mit einem Piepton ein Fax angekündigt wird, mechanisch auf dieses Gerät umgestellt werden. Manfreds Freund Bernd hat in jedes Büro, hinunter in den Verkaufsraum und hinauf in die Wohnung Telefonleitungen gezogen und Apparate angeschlossen, so dass wenigstens überall hin verbunden werden kann. Leider fällt oft der Strom und somit die gesamte Technik im

Haus aus und sie verbringen so manchen Abend bei Kerzenlicht.

„Wir sind eben im Osten", stellt Anett lakonisch fest. Sie zuckt mit der Schulter und schaut ihre Mutter vorwurfsvoll an.

Als ein Gerät erfunden wird, das Telefon und Fax vereint und selbständig erkennt, ob ein Fax oder Anruf ankommt, stellen sie es sofort ins Sekretariat. Außerdem nehmen sie es in ihr Verkaufsprogramm auf und kündigen es auf ihrem nächsten vierteljährlichen Katalog als besonderen Verkaufsschlager für nur 1.599 Mark an. Doch als der Katalog endlich erscheint, kostet das Gerät nur noch den halben Preis.

Susis Vater schaut jeden Morgen erst im Halsbrücker Lager nach dem rechten und fährt anschließend zum neuen Bürogebäude im Gebirge. Dort findet er ständig irgend etwas zu tun. Er freut sich, als es Frühling wird, denn nun kann er sich um das große Grundstück kümmern. Er pflanzt Sträucher und Bäumchen, sät Gras und baut eine gemütliche Sitzecke mitten in ein schattiges Fleckchen zwischen einer Gruppe Laubbäume. Der Garten ist seine Leidenschaft und Susi sieht, wie glücklich ihn die Arbeit macht. Sie erkundigt sich beim Steuerberater, wie sie sich erkenntlich zeigen kann. Er rät zu einer Unfall- und

Krankenzusatzversicherung und einem finanziellen Ausgleich von 450 Mark, das nur gering versteuert werden muss.

Susi hatte gehofft, dass nun Manfred das Ruder übernimmt. Sie wäre lieber seine Assistentin, als den Mitarbeitern Anweisungen zu geben und die Ausführung zu überwachen. Kontrolle ist ihr höchst zuwider und sie glaubt, dass jeder wie sie selbst mitdenkt und anfallende Arbeiten von ganz allein sieht. Doch darin täuscht sie sich. Sie hat eher den Eindruck, dass den Leuten ihr Privatleben viel wichtiger ist als die Loyalität zum Arbeitgeber. Eine Lagerarbeiterin fährt zum Beispiel in den Urlaub, obwohl wegen der Katalogverteilung Urlaubssperre herrscht. Sie sagt, sie habe gebucht und werde auf jeden Fall fahren. Eine zweite tut es ihr nach. So bleibt die meiste Arbeit an Susi und ihrer Familie hängen, die neben der Tagesarbeit an den Abenden und Wochenenden nahezu allein das Ettikettieren, Eintüten und Verbringen der vielen tausend Kataloge übernehmen.
Die beiden Praktikanten aus der nahen Wirtschaftsschule weigern sich, länger als eine Stunde am PC zu arbeiten, weil dies verboten sei. Doch als sie Susi stattdessen ins Lager schickt, sagen sie frech, dass sie für diese

Tätigkeit keine Ausbildung und keinen Vertrag hätten. Sie setzen sich stattdessen gleichmütig und ohne mit der Wimper zu zucken in die Küche oder in den Garten, so dass Susi das vereinbarte Praktikum vorzeitig beendet.
Manfred will ebenfalls kein Chef sein. Er mag seine Ruhe und seine Eigenständigkeit. Meist ist er bei Kunden unterwegs, berät sie bei der Auswahl von Büromöbeln und Technik. Die Auslieferung und den Aufbau übernimmt er zusammen mit André und Susis Vater. Also bleibt die Verantwortung an Susi hängen.

„So ein großes Grundstück braucht einen Hund", bestimmt Anett. Ich habe mich schon beim Tierarzt erkundigt und weiß, dass im Nachbardorf eine Hündin neugeborene Welpen hat.
Susi ist nicht begeistert. Sie mag keine Haustiere.
„Du hast gesagt, Tiere gehören nicht in die Stadt, sondern aufs Land. Jetzt leben wir auf dem Land und hier gehören Tiere dazu."
Susi wollte schon energisch widersprechen, doch sie findet kein passendes Gegenargument.
„Gut, wenn du dich um den Hund kümmerst ..."
„Und um mindestens eine Katze", ergänzt Anett.

Als im Mai Hund und Katze einziehen, begleitet auch Susis Mutter ihren Mann oft ins Gebirge. Sie geht am Vormittag mit dem Hund spazieren, spielt mit der Katze und kocht für die ganze Familie das Mittagessen. Um den Hausputz kümmert sich eine Frau aus dem Ort.

Uwe

Der Bürgermeister bietet den Eltern das Haus, in dem sie seit 30 Jahren als Mieter leben, zum Kauf an. Der Vater ist sofort begeistert, denn er wollte schon immer ein eigenes Haus besitzen. Nun endlich ergibt sich diese Möglichkeit. Er hat zwar nicht so viel Geld auf dem Konto, doch die Sparkasse bietet ihm einen Kredit an. Natürlich weiß der Vater, dass das alte Haus aus den 20er Jahren renoviert und modernisiert werden muss, doch es ist solide gebaut, sogar das Dach ist noch völlig in Ordnung. Stube und Schlafzimmer sind mit Parkett ausgelegt, die geräumige Küche hat einen praktischen Steinboden. Das Bad hat er selbst vor einigen Jahren eingebaut. Im oberen Stockwerk gibt es eine gleichgroße, ebenfalls vermietete Wohnung und im Dachgeschoss darüber das ehemalige Kinderzimmer der Töchter und das winzige Schlafkämmerchen von Uwe.

Plötzlich stehen Uwe und Yogita vor den Eltern. Sie waren schon vor einem Jahr kurz zu Besuch hier. Heute verkünden sie, dass sie länger bleiben werden und beziehen das ehemalige Kinderzimmer von Susi und Ute. Uwe bittet den Vater, in seinem ehemaligen Schlafkabuff ein WC und Waschbecken zu installieren, damit sie in der Nacht nicht zwei Etagen bis in die Wohnung der Eltern hinuntersteigen müssen, falls sie auf die Toilette müssten. Außerdem wünscht er, dass der Vater den Mietern im 1. Stock kündigt, damit Uwe mit seiner Frau einziehen kann. Vorher müsste natürlich das Bad modernisiert werden, denn ein Boiler zum Heizen des Wassers sei nicht mehr zeitgemäß. Die Küche würde er selbst kaufen, erwarte aber einen ordentlichen Fliesenspiegel und -boden.
Der Vater freut sich, dass sein Sohn ins Haus einziehen will und kündigt dem Mieter sofort. Er nimmt einen zusätzlichen Kredit auf, um die gewünschten Modernisierungen für die Bodenkammern realisieren zu können. Mit der Bank muss er nicht lange verhandeln, denn er hat nun ein Haus, das der Bank als Sicherheit sehr gelegen kommt.

Kurz darauf spricht er mit Susi darüber. Sie

umarmt ihren Vater.

„Das sind ja wunderbare Neuigkeiten." Doch sie merkt, dass den Vater etwas bedrückt und fragt nach.

„Weißt du, das Zusammenleben mit Uwe und seiner Frau ist schwierig."

Susi setzt sich zum Vater auf die Bank. „Erzähle!", bittet sie.

„Nun, er blockiert stundenlang das Bad und die Küche. Deine Mutter ist schon sehr verärgert, weil die Beiden zu anderen Zeiten kochen. Yogita mag Muttis Essen nicht und Mutti erträgt die indischen Gewürze nicht. Und ich hasse es, wenn immer nur englisch gesprochen werden soll. Madame will kein Deutsch lernen, Uwe erwartet, dass wir Englisch sprechen. Ich habe das deiner Mutter verboten. Sie war so verrückt, sich gleich in der Volkshochschule für einen Englischkurs anzumelden." Er schüttelt den Kopf. „In meinem Haus wird deutsch gesprochen", setzt er wütend hinzu.

„Naja, Yogita muss sich erst eingewöhnen."

„Ach was. Den ganzen Tag sitzt sie herum und blättert in Katalogen und Zeitschriften. Sie hat genug Zeit zum Lernen. Von Arbeit scheint sie ohnehin nichts zu halten."

Susi erinnert sich an das Gespräch in Malaysia, als ihr Yogita klar machte, dass sie nicht arbeiten müsse, da sie verheiratet sei.

„Aber wenn sie kein Deutsch spricht, wird sie es hier nicht leicht haben, Freunde zu finden."
Der Vater zuckt mit der Schulter. Er wirkt bedrückt.
„Da ist noch etwas", rückt er endlich mit der Sprache heraus. „Uwe will sich nicht finanziell am Umbau beteiligen. So lange es nicht sein Haus wäre, würde er keinen Finger krumm machen und keine müde Mark investieren."
Nun ist Susi sprachlos. „Das kann er doch nicht machen!", ruft sie aus.
„Er kann. Ich schufte mit meinen beiden Brüdern, damit er es wie bestellt modern und bequem hat und er sitzt derweil mit seiner Frau gemütlich vor dem Fernseher oder fährt mit ihr spazieren. Er war doch früher nicht so faul."
Der Vater stockt. Schließlich spricht er weiter. „Ich wollte, dass er wenigstens einen Beitrag für Wasser und Heizung bezahlt. In deren Zimmer ist es immer dampfend heiß. Auch bei uns in der Stube dreht Uwe immer die Heizung voll auf, damit seine Madame nicht friert. Nutzen will er alles, nur zahlen will er nicht."
„Das kann ich mir gar nicht vorstellen. Uwe war immer so hilfsbereit – anders kenne ich ihn gar nicht."
Der Vater zuckt resigniert die Schultern. „Er sagt, ich solle mal versuchen, einem nackten Mann in die Tasche zu greifen."

„Nun wird er unverschämt", ärgert sich Susi.
„Kannst du nicht mal mit ihm reden?"
Susi nickt.

Gleich am Wochenende fährt die ganze Familie nach Halsbrücke. Uwe und Yogita halten sich gemeinsam im Bad auf, während die Mutter das Mittag kocht. Das Essen ist fast fertig, für Susi gibt es nichts mehr zu helfen. Sie deckt schnell den Tisch, auch für ihren Bruder und seine Frau und freut sich, die beiden wieder einmal zu sehen.
„Wir haben letzte Woche geheiratet", verkündet Uwe. Yogita zeigt stolz ihren Ring.
„Gratuliere", sagt Manfred.
„Aber wieso? Ihr seid doch längst verheiratet, wir waren in Malaysia bei der Hochzeit dabei", ruft Susi erstaunt aus.
„Aber jetzt kirchlich."
Susi lacht. „Du bist doch gar nicht in der Kirche, Uwe."
„Doch, ich wurde genau wie du als Baby getauft, musste nur die Konfirmation nachholen."
„Bist du auch getauft und konfirmiert, Yogita?"
„Wenn du von ihr was wissen willst, dann frage sie gefälligst in Englisch!", blafft Uwe.
„Entschuldige, daran habe ich jetzt nicht gedacht. Außerdem kenne ich gar nicht so viele

Vokabeln. Kannst du nicht wie vorhin alles übersetzen?"

„Weil du so dämlich bist und nicht einmal Schulenglisch beherrschst?"

Susi zuckt wegen dieser groben Worte erschrocken zusammen.

„Mal langsam, Uwe! Schön auf dem Teppich bleiben!", mahnt Manfred.

„Hast du auch was zu melden?", kontert Uwe.

Anett hat sich inzwischen leise mit Yogita unterhalten und verkündet nun, dass sie katholisch sei.

Susi wundert sich über gar nichts mehr und hält sicherheitshalber ihren Mund, obwohl ihr das wirklich sehr schwer fällt. Sie denkt an die typisch indische Hochzeit in Sari und Nachthemd, wo von katholisch noch keine Rede und nichts zu merken war.

„Vati sagt, ihr wollt oben einziehen?", erkundigt sie sich.

„Ist schließlich mein Elternhaus."

„Meines auch", denkt Susi. Laut sagt sie: „Ich finde das gut."

„Ist mir wurscht, wie du das findest", giftet Uwe.

„Wann wollt ihr mit dem Ausbau beginnen?"

„Wir? Hast du sie noch alle? Ist das meine Hütte oder was?"

„Aber du wirst das kaum deinem Vater

überlassen wollen."

„Das sagt die Richtige. Bei dir hat er auch gebaut und sich seine Gesundheit ruiniert. Ich sage dir eines: sollte ihm etwas passieren, dann klatsche ich dich an die Wand."

Susi ist regelrecht geschockt über diesen heftigen Ausbruch. Natürlich hat Uwe recht, dass der Vater extrem viel in beiden Bürohäusern arbeitet, doch er hilft aus Freude und von ganz allein. Susi hat es nicht von ihm verlangt.

„Vati hilft gern."

„Du beutest ihn aus! Du ruinierst ihn!", schreit Uwe.

André lacht laut auf. Im gleichen Moment nimmt Yogita ihr Glas und schüttet ihm ihr Getränk ins Gesicht. „It´s my husband!", kreischt sie. „Do not laugh!"

André springt auf. „Bist du verrückt geworden? Impossible person!" Er geht hinaus, um sich sein bekleckertes Hemd im Bad zu säubern.

„I hate you! I hate you all!", schreit ihm Yogita hinterher.

„Ich hole jetzt einen Schnaps, damit sich die erhitzten Gemüter wieder beruhigen." Der Vater steht auf.

„Obwohl es Vati nicht will, bezahle ich seine Arbeit, sein Benzin und eine Unfallversicherung." Susi hat zwar nicht das Gefühl, sich rechtfertigen zu müssen, doch sie will keinen Streit und gleichzeitig ihrem Bruder deutlich machen, dass man für jede Leistung bezahlen sollte.

„Möchte sein, ist schließlich deine Bude. Aber das Haus hier wird einmal mir gehören."

„Mal davon abgesehen, dass du zwei ältere Schwestern hast, wäre es in diesem Fall besonders logisch, wenn du dich selbst um den Ausbau kümmerst", kontert Susi.

„Bist du taub, du dumme Nuss?", schreit Uwe. „Ich sagte bereits, dass ich erst einen Handschlag mache, wenn die Hütte mir gehört. Kapierst du das nicht?"

„Mir wird das jetzt zu dumm hier." Manfred steht auf. „Diesen Unsinn höre ich mir nicht länger an."

Fast wäre er an der Tür mit dem Vater zusammen gestoßen, der ihm mit einer Flasche Korn in der Hand entgegen kommt. Er tritt beiseite, um ihn durchzulassen. In diesem Moment rennt Yogita zwischen den beiden Männern hindurch und wirft dem Vater die Tür in die Seite. Uwe folgt ihr auf dem Fuße.

„Bitte, bleib!" Der Vater schaut Manfred besorgt an. „Ich will keinen Streit. Doch Uwe ist die ganze Zeit schon so schwierig." Er stellt den Schnaps auf dem Tisch ab. „Da ist noch etwas." Der Vater holt einen großen Umschlag aus dem

Schrank. „Den hat uns Uwe gestern Abend auf den Tisch gelegt. Die Papiere sollen wir unterschreiben."

Manfred nimmt den Umschlag und setzt sich wieder hin. Es ist ein Kreditvertrag von der örtlichen Sparkasse. Offenbar will Uwe Möbel kaufen, doch da er keine Einkünfte oder sonstige Sicherheiten hat, gibt er seine Eltern als Bürgen an.

„Ihr sollt für Uwe bürgen. Das bedeutet, wenn er in Zahlungsschwierigkeiten kommt, müsst ihr seinen Kredit bedienen. Wenn ihr das nicht könnt, wird die Bank das Haus pfänden."

Die Eltern schauen sich erschrocken an.

„Das ist ein ganz normales Geschäft", versucht Susi zu beruhigen. „Ich würde an eurer Stelle nur bedenken, dass im Moment auf Uwe kein Verlass ist. Immerhin weigert er sich, seinen Beitrag für Wasser und Strom beizusteuern, von Miete ganz zu schweigen, weil er kein Geld hat. Woher also will er das Geld für die Monatsraten bei der Bank nehmen?"

Susi will den Eltern den Kredit nicht ausreden und schon gar nicht ihrem Bruder ein Geschäft verderben, doch sie bleibt auch in dieser heiklen Situation dabei, offen ihre Meinung zu sagen - wie sie es schon immer getan hat.

Zwei Wochen später reisen Uwe und Yogita ab, ohne ein Wort, wann und ob überhaupt sie wieder zurück sein werden.

Anett

„Ich habe mich bei der Fahrschule angemeldet", verkündet Anett.
„Du bist erst 17", erinnert sie Susi.
„Na und? Wenn ich 18 bin, will ich den Führerschein in der Hand haben und sofort frei sein."
„Frei sein? Wie meinst du das?"
„Dann mache ich, was ich will und muss mich nicht mehr nach euch richten. Ich will genau wie André ein eigenes Auto, damit ich jederzeit hier weg kann."
„Wo willst du denn hin?"
„Zuerst einmal in den Urlaub. Und zwar allein."
Dass ihre Tochter nur vom Urlaub spricht, beruhigt Susi. Sie hatte schon befürchtet, Anett drohe schon wieder, am 18. Geburtstag zurück nach München zu gehen oder noch besser gleich nach Amerika auszuwandern. Zuzutrauen wäre ihr das.
Jedenfalls wünscht sich das Mädchen kein großes Auto, sondern einen kleinen knallroten Honda, der pünktlich zum Geburtstag auf dem Hof steht.

Doch schon wenige Tage später hat Anett ganz ohne ersichtlichen Grund einen heftigen Wutanfall. Sie schreit: „Ich hasse euch! Ihr habt mein Leben versaut."

„Wie das?" Susi packt Anett am Arm. „Du rennst jetzt nicht weg, sondern erklärst mir, was genau du meinst!"

Anett zieht heftig ihren Arm zurück und verschränkt ihn mit dem anderen vor der Brust.

„Ach, dem Fäulein geht es wohl zu gut?", will Manfred verärgert wissen.

„Zu gut? Gar nichts ist gut. Seit ich im Osten bin, habe ich Durchfall. Und Pickel überall. Ich sehe hässlich aus und kann mich draußen gar nicht blicken lassen. Außerdem will ich in diesem langweiligen Gebirgs-Kaff auf gar keinen Fall bleiben. Immerhin bin ich jetzt 18 und kann machen, was ich wll."

„Damit hast du vollkommen recht. Pack deine Sachen in dein neues Auto und gehe dahin, wo immer du willst!"

Anett schaut erschrocken auf. So deutlich hat sie ihren Vater noch nie reden hören. Die Mutter schon, doch niemals den Vater. Der hält sich lieber raus aus allen Diskussionen. Er hasst es, sich festzulegen und eindeutig Stellung zu beziehen. Und nun will er, dass sie auszieht?

„Gut." Anett wirft ihren Kopf nach hinten und

streicht sich langsam die Locken aus dem Gesicht. „Wenn ihr mich nicht wollt, dann gehe ich."

Jetzt wird es Susi zu bunt. „Verdrehe nicht alles! Du hast gesagt, dass wir dein Leben versaut haben und du hier nicht bleiben kannst. Allein du bist es, die unbedingt weg will. Wo willst du eigentlich hin?"

„Das geht dich gar nichts an. Und melden werde ich mich auch nicht." Anett dreht sich um und wirft ihre Zimmertür krachend hinter sich zu.

Manfred und Susi schauen sich an. Susi steht die Angst um ihre Tochter ins Gesicht geschrieben. Sie will ihr nachlaufen, doch Manfred hält sie zurück. „Lass sie! Da muss sie jetzt allein durch. Sie muss sich überlegen, was sie sagt und nicht wahllos um sich schlagen."

„Aber wo will sie hin?"

„Zu einer Freundin, zu deiner Schwester, was weiß denn ich."

„Aber sie kann doch nicht die vielen Kilometer bis München oder Düsseldorf fahren. Ihr Führerschein ist noch druckfrisch und sie hat keinerlei Fahrpraxis."

„Nun, wir werden sehen. Wir essen jetzt zu Abend und schauen dann in Ruhe fern."

„Ich muss noch einmal runter ins Büro."

„Auch gut."

„Anett?" Susi klopft an die Tür. „Willst du noch mit uns Abendbrot essen?"
„Lass mich in Ruhe!"

Susi kann sich nicht auf ihre Arbeit konzentrieren. Sie horcht immer in den Hausflur hinaus, ob sie Schritte auf der Treppe oder ein Auto vom Hof fahren hört. Doch alles bleibt ruhig. Plötzlich steht Anett vor ihr. Ihre Augen sind rot geweint.
„Du hast meinen Schlüssel versteckt!", schimpft sie.
„Welchen Schlüssel?"
„Den von meinem Auto und den von meinem Schrank", kommt es ziemlich dünn.
„Aber Anett! Ich nehme doch deinen Schlüssel nicht weg."
„Ich gehe jetzt ins Bett und suche morgen weiter."
„In Ordnung." Susi lächelt insgeheim. Beim Packen wird sich Anett selbst gefragt haben, was sie nun machen und wohin sie fahren soll. Und dann hat sie vermutlich die Angst vor ihrer eigenen Courage gepackt.
Nach einer Stunde geht auch Susi hinauf in die Wohnung. Sie bittet Manfred, das Thema Weglaufen nicht anzusprechen und Anett die Peinlichkeit einer Erklärung zu ersparen.

Anfang Juni hält die frischgebackene Buchhalterin Anett ihren Facharbeiterbrief in den Händen. Das feiern alle auf ihren Wunsch beim Chinesen in Freiberg.

Wenige Tage später verkündet sie, dass sie ganz allein mit ihrem Auto nach Südspanien reisen wird. Dort haben die Eltern ein Ferienwohnrecht, das Anett nutzen will.

„Ich kann doch mitkommen", bietet Susi an. „Dein Vater schaut sowieso Fußball, es sind Weltmeisterschaften. Wir hätten zusammen viel Spaß und könnten uns am Steuer abwechseln und überhaupt das große Auto nehmen."

„Nein", entgegnet Anett heftig. „Ich fahre allein und zwar mit meinem Auto."

Susi ist das gar nicht recht. Ein junges Mädchen 2.000 Kilometer allein auf der Autobahn in einem fremden Land. Anett spricht Englisch und ein wenig Französisch, aber kein Spanisch.

„Das macht nichts. In Spanien sind sowieso nur Deutsche", meint das Mädchen selbstsicher.

Manfred besorgt bei seinem Freund Bernd schnell ein mobiles Autotelefon, damit seine Tochter wenigstens erreichbar ist und in der Not selbst anrufen kann.

Bärbel und Bernd, die alten Freunde von Susi und Manfred, betreiben in Freiberg einen Funkladen. Anfangs gehörte das Geschäft

Walter Lidschreiber, der Bernd in die Arbeit einführte und ihm mit seinen Kontakten zur Telekom so manchen Auftrag vermittelte. Doch bald konnte oder wollte sich Walter nicht mehr kümmern und die beiden Freunde machten sich mit einem eigenen Funkladen selbständig.

1994

„Frau Herzog, auf dem Hof stehen zwei Männer und schauen sich um", berichtet die Sekretärin.
„Ich kümmere mich darum." Susi geht hinaus. Zwei sehr vornehm gekleidete Herren stehen neben einem dicken Mercedes. Große Autos sieht man auch hier im Gebirge. Doch die Menschen sind eher ländlich praktisch gekleidet und tragen höchst selten einen dunklen Anzug. Einer der Männer zeigt mit dem Arm auf die Garagen, der andere trägt einen Fotoapparat in der Hand.
„Guten Tag, mein Name ist Herzog", stellt sich Susi vor und reicht den Herren die Hand. Sie grüßen zurück, nennen aber weder ihren Namen noch den ihrer Firma.
„Wir wollen uns ein wenig umsehen."
„Ihre Ausstellung", ergänzt der zweite Mann.
„Gut, dann kommen Sie mit hinein." Fast hätte Susi gefragt, ob sie die Möbelausstellung im

Garten suchen.

Im Vorbeigehen schauen die Männer kurz ins Lager, ehe sie Susi die Treppe in den ersten Stock folgen.

„Suchen Sie Möbel für Ihr Büro oder interessieren Sie sich für die Technik?"

Die Männer antworten nicht. Vielleicht haben sie die Worte nicht gehört, denn sie sprechen leise miteinander. Plötzlich erinnert sich Susi, woher sie einen der Männer kennt. Er betreibt ebenfalls eine Bürobedarfsfirma ein paar Kilometer entfernt Richtung Dresden. Sie hat keine Probleme mit der Konkurrenz und ist auch gern bereit, alles zu zeigen und Auskunft zu geben. Die ostdeutschen Händler sind eher schüchtern, sogar viele Kunden nennen ungern ihren Namen. Doch diese beiden Männer wirken auf Susi irgendwie verschlagen, als ob sie etwas im Schilde führen.

„Wenn Sie mir nicht sagen, was genau Sie wissen wollen, kann ich Ihnen nicht helfen."

Die Männer schauen sich an, lächeln seltsam, aber antworten nicht. Sie kehren Susi den Rücken zu und reden herablassend über die angeblich billige Einrichtung.

„Sie führen selbst einen Bürohandel, nicht wahr?", spricht sie den Händler an. „Also sollten Sie gute Qualität erkennen."

Noch immer reagieren die Männer nicht. Jetzt

verliert sie die Geduld und wird enerisch.

„Bitte gehen Sie, verlassen Sie sofort mein Haus! Ich wünsche nicht, dass Sie sich nochmals hier blicken lassen." Dabei weist sie mit dem Arm zur Tür und kann sich gerade noch beherrschen, die zögernden Männer mit Gewalt hinaus zu schieben.

Susi überlegt, was die Männer hier wollten, wonach sie suchten und vermutet schließlich, dass sie am Kauf des Objektes interessiert sind. Das hätten sie sagen können, sogar müssen. Susi hasst es, wenn nicht mit offenen Karten gespielt wird. Sie ist zu jedem Gespräch bereit. Natürlich möchte sie nicht verkaufen, sie ist schließlich erst vor gut einem Jahr hier eingezogen.

Ihr Bürohandel läuft gut. Allerdings hat sich die Art des Verkaufs sehr verändert, weil die Firmen seit der Währungsunion überall frei bestellen und Preise aushandeln können. Die Hersteller übergehen oft sogar Großhändler wie Susi und beliefern die großen Ämter selbst. Deshalb stapeln sich im Lager vor allem Farbbänder, Formularbücher und Druckerpapier, was seit einigen Monaten nur noch einzeln statt wie zuvor in großen Stückzahlen verkauft wird.

Bei Preisverhandlungen mit Lieferanten gibt es

keine Probleme. Diese haben feste Preise, die je nach Bestellmenge geringfügig abweichen. Doch Susis Kunden kaufen mal hier und mal da, meist geringe Mengen und statt die Endpreise zu vergleichen, fragen sie nach Rabatten.

„Wir verkaufen keine Rabatte, sondern Ware – und die hat ihren Preis."

Doch das verstehen die Kunden nicht oder wollen es nicht verstehen.

Susi und Manfred sind zu einem Gespräch in die Sparkasse bestellt. Susi lächelt den Filialleiter an. Er spricht einen bayerischen Dialekt, was ihr gut gefällt. Der Mann lächelt nicht zurück, er schaut betont ernst.

„Wir werden ab sofort nicht mehr alle Ihre Überweisungen frei geben", teilt er mit.

„Mit welcher Begründung?", will Susi wissen.

„Nun, Sie haben einen großen Kredit bei uns und wir behalten uns vor, diesen verfrüht zurückzufordern."

„Wieso das?", fährt ihn Susi aufgebracht an. „Wir zahlen pünktlich unsere Zinsen, Sie haben keinen Grund dazu."

„Sie", dabei schaut er Manfred an, „haben versäumt, uns mitzuteilen, dass Sie kein geregeltes Einkommen mehr haben."

„Wie meinen Sie das?"

„Als Sie den Kreditvertrag unterzeichneten, waren Sie bei der Firma Marconi in München angestellt und bezogen ein ungewöhnlich hohes Monatsgehalt zuzüglich diverser Provisionen."

Manfred zuckt mit der Schulter.

„Ich werte das als Betrugsversuch", schreit der Sparkassen-Leiter aufgebracht. Sein Gesicht läuft puterrot an.

„Wir betreiben hier ein sehr gut gehendes Handelsgeschäft. Ich bin vor Ort. Was wollen Sie mehr?"

„Dass Sie sich an unsere Abmachungen halten." Der Mann erhebt sich und geht im Besprechungsraum hin und her. Am Fenster bleibt er stehen und trommelt mit den Fingern gegen die Scheibe.

„Außerdem hatten wir vereinbart, dass Sie nicht die kompletten Baurechnungen bezahlen."

„Das hatten wir keineswegs vereinbart", korrigiert Susi. „Sie hatten das zwar von mir verlangt, doch ich sagte Ihnen, dass ich klare Absprachen mit der Baufirma und dem Elektriker habe und diese in jedem Fall einhalte. Beide Firmen leben im gleichen Dorf wie wir und alle ihre Mitarbeiter ebenfalls."

Der Banker setzt sich wieder in seinen Sessel, beugt sich nach vorn und spricht in belehrendem Ton: „Es ist allgemein üblich, die

Rechnung um 20 Prozent zu kürzen."

„Vielleicht in Bayern oder im Bankgeschäft, aber nicht bei uns im Erzgebirge. Da steht man zu seinem Wort."

„Die Baufirma steckt in finanziellen Schwierigkeiten, da gießen Sie nur Wasser auf die Mühlen. Dorthin werden keine Gelder mehr fließen. Ich erwarte, dass Sie diese Firma nicht weiter mit Büromaterial beliefern."

„Ich fürchte, jetzt gehen Sie zu weit. Es ist allein unsere Sache, wen wir beliefern und wen nicht."

„Das ist es nicht." Der Banker lehnt sich in seinem Sessel zurück und verschränkt die Arme. „Ich habe bereits einen Mitarbeiter bestimmt, der sich um Ihre Zahlungen kümmert. Er entscheidet nach Rücksprache mit mir, wohin welche Gelder fließen. Die Krankenkassen werden bedient und Ihr Kredit, ansonsten nur einige Löhne, wobei Ihre Familie ausgeschlossen ist. Sie müssen sich außerdem von einigen Mitarbeitern trennen."

„Damit machen Sie mich zahlungsunfähig. Außerdem bekommt die Baufirma noch Geld für den Ausbau der Nebengelasse, ebenso der Elektriker."

Der Banker hebt bedauernd die Arme. „Tut mir leid."

„Es tut Ihnen leid?" Susi ist aufgesprungen. „Sie

drehen mir den Geldhahn zu so ganz ohne Not und ohne ein einziges vorausgehendes Gespräch und dann tut es Ihnen leid?"
„Das wäre alles." Der Banker steht ebenfalls auf, klappt seine Mappe zu und verlässt grußlos den Raum.

„Was machen wir jetzt? Ich fürchte, wir sind erledigt." Susi sitzt neben Manfred im Auto und versucht, die Situation zu begreifen. Manfred zuckt mit der Schulter. „Es wird nichts so heiß gegessen, wie es gekocht wird."
„Glaubst du, der blufft nur und wir können einfach weitermachen?"
„Ich weiß es nicht. Wir sollten unseren Anwalt fragen."
Susi hält dies für eine gute Idee. Sie fahren sofort zu ihm ins Nachbardorf und berichten Wort für Wort alles, was der Sparkassen-Leiter gesagt hat.
„Sie sind also praktisch pleite", sagt der Anwalt ohne Umschweife.
„Und was sollen wir jetzt tun?"
„Stoßen Sie alles ab, was Geld kostet, zum Beispiel die Mitarbeiter. Verkaufen Sie alles, was nicht niet- und nagelfest ist, zum Beispiel Fahrzeuge, die nicht geleast sind. Dann beantragen Sie Insolvenz beim Gericht in Chemnitz."

„Ich habe keine Ahnung, was das bedeutet."
„Damit sind Sie geschäftsunfähig."
„Das ist nicht das, was ich will. Wir leben von der Firma und haben vor, auch weiterhin davon zu leben."
„Nichts wird so heiß gegessen, wie es gekocht wird", sagt der Anwalt.
Susi und Manfred schauen sich an und müssen plötzlich lachen. Der Anwalt wirkt irritiert. Susi winkt ab.
„Es dauert ein paar Monate, bis sich der Insolvenzverwalter meldet. Zwei der Fahrzeuge dürfen Sie vermutlich vorerst behalten, damit Sie für die Abwicklung beweglich sind."
„Und was ist mit dem Haus?"
„Das wäre natürlich weg."
Susi bemüht sich, zumindest äußerlich die Fassung zu wahren. Am liebsten hätte sie wie ein kleines Mädchen geheult und einen Erwachsenen um Hilfe gerufen. Aber das müssen sie allein regeln und vor allem sofort mit den Kindern sprechen.
„Keine Sorge, Sie werden nicht von heute auf morgen vor die Tür gesetzt. Wichtig ist jetzt, dass Sie noch vor der Selbstanzeige Gütertrennung bei einem Notar eintragen lassen und zusehen, dass Sie mit der vorhandenen Ware noch etwas anfangen können, um zu Geld zu kommen. Die

Lieferanten, die Sie nicht mehr bedienen können, werden Ihnen Mahnungen schicken. Reagieren Sie nicht darauf. Versuchen Sie, alles so weit wie möglich hinauszuzögern und inzwischen Ihre Belange zu klären, die Zukunft zu regeln."

Susi nickt. Sie hat plözlich starke Kopfschmerzen. Ihr fällt ein, dass Manfred noch kein einziges Wort gesagt hat. Vielleicht ist er so geschockt, dass er gar nichts zu sagen weiß. Vielleicht aber ist Susi nur wieder zu schnell gewesen mit ihren Reaktionen.

Während der Heimfahrt hält Manfred plötzlich vor der Baufirma und geht zur Buchhaltung.

„Wir haben Ihnen vor fast vier Wochen einen Großkopierer verkauft, der noch immer nicht bezahlt ist."

„Zahlen Sie mir meine 20.000, dann kriegen Sie das Geld für den Kopierer!", verlangt der Inhaber der Baufirma.

Susi wollte schon ihre Situation erklären, aber Manfred unterbricht sie und schaut sie warnend an. Dann wendet er sich wieder an den Baumeister und tut so, als ob er nachdenkt.

„Gut, ich wäre mit einer Verrechnung einverstanden und vermerke das sofort auf der Rechnung."

Kaum im Auto, faucht Manfred: „Du mit deiner

blöden Ehrlichkeit vermasselst noch alles. Hast du nicht begriffen, in welcher Situation wir jetzt sind? Oder was uns der Anwalt erklärt hat?"
Susi schaut ihn erschrocken an.
„Wir müssen heute Abend mit den Kindern reden und uns genau überlegen, wie wir vorgehen. Die Bank hat uns den Hahn zugedreht, doch wir müssen schließlich leben, essen, tanken."
Im Büro erwartet sie der Elektriker. Er läuft aufgebracht hin und her und poltert sofort los: „Wenn ich mein Geld nicht spätestens nächste Woche bar auf die Hand habe, mache ich euch im ganzen Dorf, im gesamten Erzgebirge unmöglich. Und wenn ich einen von euch im Dunkeln erwische, dann gnade euch Gott. Meine Jungs sind übrigens auch oft in der Nacht unterwegs. Das wollte ich nur mal gesagt haben."
Manfred beruhigt den Mann und sagt ihm, dass sie auf Zahlungseingänge mehrerer Kunden warten.
„Ahnt er etwas?", fragt Susi unsicher.
„Vielleicht hat er einen Tipp vom Banker bekommen oder von einem Angestellten. Die wohnen doch alle hier in der Nähe. Vielleicht hat er aber auch die gleichen Probleme wie wir."
„Wie kommst du darauf?", wundert sich Susi.

„Nun, er wollte ausdrücklich Bargeld. Vielleicht kommt er genau wie wir nicht an sein eigenes Geld, wenn wir auf sein Konto überweisen."

Susi und Manfred erzählen den Kindern von den Gesprächen in der Bank und beim Anwalt. Beide schauen ziemlich betreten.
„Ich habe doch gleich gewusst, dass eure Idee mit dem Osten großer Mist ist!", schimpft Anett.
„Der Banker ist ein Bayer und der ist es, der uns den Hahn zudreht", korrigiert Susi.
„Jedenfalls ist unsere schöne Wohnung in München weg und wir sitzen in der blöden großen Fabrik hier am Ende der Welt und haben kein Geld mehr."
„Das stimmt so nicht ganz."
Anett verdreht die Augen.
„Unsere Zahlen sind in Ordnung. Wir haben keine Probleme. Ich verstehe das nicht." Susi schüttelt resigniert den Kopf.
„Ich weiß, was uns rettet!", ruft André aus.
Erwartungsvoll schauen ihn alle an.
„Das Bürohaus in Halsbrücke!" Triumphierend schaut er sich um, doch er blickt nur in verwirrte Gesichter. „Ich melde dort ein eigenes Geschäft an. Immerhin bin ich seit dem letzten Jahr Voll-Kaufmann. Dann können wir wie früher von Halsbrücke aus arbeiten, wenn es hier nicht mehr geht."

„Und wo wohnen wir?", will Anett wissen.
„Na, weiterhin hier!"
„Es wird sich alles finden." Manfred gefällt Andrés Vorschlag. „Deine Idee, ein eigenes Geschäft zu gründen, ist für uns wirklich die Rettung."

Zwei Tage später erfahren sie, dass bei Nacht und Nebel der Elektriker, seine Frau und beide Söhne von einer privaten Feier zurückkamen. Ein Autofahrer hat sie im Dunkeln nicht gesehen und ist direkt in die Gruppe hinein gefahren. Alle vier waren sofort tot. Der Unfallfahrer hat sich anschließend im Wald an einem Baum aufgehangen.
„Das ist ja schrecklich!", ruft Susi aus. Vier, nein fünf Menschen sterben auf einen Schlag. Was wird nun aus der Firma, den Mitarbeitern?
Wenn sie jetzt tot wäre, hätte sie keine Probleme mehr. Zugleich ist sie von ihrem eigenen Gedanken zutiefst erschrocken. Trotz der drohenden Insolvenz wäre es feige, sich so aus der Verantwortung zu stehlen. Sie kann ihre Familie nicht einfach im Stich lassen, muss sich um die Mitarbeiter kümmern und zusammen mit Manfred die Insolvenz abwickeln.
Susi erinnert sich zurück an ihren Befund Lungenkrebs. Damals hatte sie oft an den Tod

gedacht. Sie überlegt, wie lange es her ist seit der Diagnose. Zwei oder gar drei Jahre? Der Arzt hatte von nur zwei oder drei Monaten Restlebenszeit gesprochen. Doch Susi fühlt sich mittlerweile gesund, erschöpft zwar von all der Arbeit und den neuen großen Sorgen und Problemen, doch immerhin gesund. Sie weiß nicht, ob sie dies den Globoli zu verdanken hat oder ihrer neuen Lebenseinstellung. Sofort nach der Diagnose hatte sie ihren Tagesablauf umgestellt und nicht mehr von sieben Uhr morgens bis 23 Uhr in der Nacht gearbeitet. Sie sorgt seitdem für Erholungspausen, indem sie aller vier Monate mit Manfred einen Kurzurlaub von einer Woche einschiebt. Den nächsten, bereits gebuchten Urlaub muss sie nun stornieren, denn dazu fehlt im Moment das Geld. Doch im Moment würde sie nichts lieber tun als einfach schnell wegzufahren und zwar so weit wie möglich.

Loslassen sollte sie lernen. Loslassen kann sie nach wie vor nicht, zum Glück musste sie André nicht wirklich loslassen. Er kam von selbst mit in den Osten und will nun unter seinem Namen einen eigenen Bürohandel betreiben. Dafür muss Susi nun ihr Geschäft loslassen.

Ab sofort bearbeiten Susi und André jede

eingehende Bestellung ihrer Kunden selbst und überlassen sie nicht mehr den Mitarbeitern. So können sie diese Bestellungen bei Bedarf ändern. Wenn zum Beispiel ein Kunde Elba-Ordner wünscht, die nicht am Lager sind, rufen sie ihn an und bieten ihm Leitz-Ordner zum gleichen Preis, die kistenweise vorhanden sind. Meist gelingt es ihnen, so dass sie ihre Lagerbestände reduzieren und gleichzeitig die Kunden zufrieden stellen können. Neue Ware zu ordern wagen sie ohnehin nicht mehr.

Zum Sommerfest bauen sie einen Stand auf, wo sie vor allem Hefte und Stifte verkaufen können. Das ist nicht viel, aber es hilft.

Die Außendienst-Mitarbeiterin kündigt überraschend, sie will bei der Konkurrenz anfangen. Susi ist klar, dass sie dies schon länger plant und Kunden mitnehmen wird, sie stellt diese Mitarbeiterin ab sofort frei. Nun muss sie zwar noch vier Wochen Gehalt zahlen, kann aber das Fahrzeug verkaufen.

„Sei nicht traurig", tröstet Manfred. „Wir hätten ihr sowieso kündigen müssen. Sieh es einfach so, dass wir dadurch ein Problem weniger haben."

Als sich die Mahnungen der Lieferanten häufen und die Sparkasse nach wie vor keine der längst überfälligen Zahlungen frei gibt, beschließt Susi, die Insolvenz anzuzeigen.

Leider hat keiner der beiden Männer Zeit oder Lust, sie bei diesem schweren Gang zu begleiten. Doch die Damen vom Gericht beruhigen sie. Sie erklären ihr freundlich, dass nun die Lieferanten informiert werden und Susi ab sofort keine Zahlungen mehr leisten darf. Der Insolvenzverwalter bestimme, wer welche Gelder bekommt und wie es weitergeht. Dieser Verwalter würde sich demnächst mit ihr in Verbindung setzen.

Susi stellt alle ihre Mitarbeiter ab sofort frei, damit sie in Ruhe eine neue Arbeit finden können. Trotzdem verklagen drei der Mitarbeiter ihren Arbeitgeber, wozu ihnen das Arbeitsamt geraten hat.

Und sie informiert ihre Eltern, damit sie nicht weiter nach Großhartmannsdorf kommen sollen. Die Eltern sind geschockt. Sie haben so gut sie konnten mit viel Freude beim Aufbau der Firma mitgeholfen und nun war der ganze Einsatz vergebens.

Seit ihrer Selbstanzeige fühlt sich Susi von Tag zu Tag unglücklicher und immer schwächer. Sie hat nun alles aus der Hand gegeben und kann nichts mehr tun oder gar selbst entscheiden. Ihr fehlt schon am Morgen die Kraft, aufzustehen und sie hat zu gar nichts mehr Lust. Außerdem zuckt sie bei jedem Geräusch zusammen und fürchtet, die Polizei steht vor der Tür, um sie zu verhaften.

„So ein Quatsch!", schimpft Manfred. „Wir haben ein Geschäft gegründet und den Betrieb jetzt eingestellt. Wer und warum sollte dir deshalb etwas tun?" Er lässt seine Frau in Ruhe trauern und fährt nun täglich mit seinen Kindern in Andrés neues Büro.

Susi bleibt allein mit Hund und Katze in dem riesigen Haus im Gebirge zurück.

Eines Tages klingelt es an der Tür und eine sehr große resolute Frau steht davor. „Ich bin die Gerichtsvollzieherin und brauche sämtliche offene Rechnungen von Ihnen", schnauzt sie in barschem Ton.

„Guten Tag. Bitte kommen Sie herein."

„Wenn Sie machen, was ich sage, werden wir gut zusammenarbeiten."

Die Frau ist Susi sofort unsympathisch, als sie sich wie ein bösartiger Dragoner vor ihr aufbaut. Sie versucht, sich das nicht anmerken zu lassen, obwohl sie darin überhaupt nicht geübt ist.

„Ist das das einzige Auto, das Sie haben?" Die Frau zeigt Richtung Hof, wo Susis Fiat steht.

Susi nickt.

„Und Ihr Mann?"

„Der ist nicht daheim."

„Was für ein Auto Ihr Mann fährt will ich wissen." Die Frau klopft unwirsch mit der Hand gegen den Türrahmen.

„Warum wollen Sie das wissen?"

Die Frau bellt ungehalten. „Ich stelle die Fragen und Sie antworten."

„Ich muss wissen, was jetzt passiert und vor allem, warum. Schließlich betrifft es mich."

„Was Sie betrifft, entscheide allein ich. Also was ist nun mit Ihrem Mann?"

Im ersten Impuls will Susi die Frage wörtlich nehmen und „Er ist gesund" entgegnen. Doch sie beherrscht sich und antwortet brav: „Er fährt einen geleasten Chrysler."

„Den kann er vorerst weiterfahren. Den Leasingvertrag legen Sie den offenen Rechnungen bei! Dazu Kontoauszüge, sämtliche Miet- und andere Verträge und eine Warenbestandsliste."

„Nehmen Sie doch bitte Platz", sagt Susi höflich.

„Dazu habe ich keine Zeit. Bringen Sie die Unterlagen, um die ich Sie gebeten habe, morgen in mein Büro und halten Sie sich zur Verfügung. Ihr Konto habe ich bereits sperren lassen, die Einnahmen werden nach Abzug meiner Unkosten gleichmäßig an die Gläubiger verteilt. Hier ist noch ein Infoblatt. Lesen Sie es genau durch und halten Sie sich daran. Dann werden wir miteinander auskommen." Die Frau dreht sich um und geht.

Susi sinkt auf den nächsten Stuhl und ringt nach Luft. Am liebsten möchte sie in den Erdboden versinken, so klein und wertlos fühlt sie sich. Sie wundert sich, dass sich diese unangenehme Person nicht im Haus umgesehen hat und somit nicht weiß, welche verwertbaren Dinge vorhanden sind. Auf dem Papier, das die Gerichtsvollzieherin ihr in die Hand gedrückt hat, steht nur, dass der Schuldner zu wahrheitsgemäßen Angaben verpflichtet ist. Das versteht sich für Susi von selbst, dazu hätte sie keine schriftliche Aufforderung benötigt.

Noch am gleichen Tag meldet sich der Leiter der Sparkasse. „Die Ware gehört uns, denn Sie haben sie mit Mitteln aus unserem Kredit finanziert."

„Der Warenkredit hat nur eine Höhe von 100.000 Mark, doch in meinem Lager befindet sich Ware vom dreifachen Wert und der Verkaufswert ist entsprechend höher."

„Mag sein. Doch der Erlös bei einem Blockverkauf ist wesentlich geringer. Wir werden die Ware in der nächsten Woche abholen."

Susi ist das inzwischen gleichgültig. Sie weiß

nicht, ob die Gerichtsvollzieherin darüber informiert ist oder nicht, ob die Bank überhaupt berechtigt ist, die Ware zu holen. Doch da die resolute Frau sich nicht weiter geäußert hat und auch nichts dergleichen auf dem Papier steht, kümmert sich Susi nicht weiter darum. Sie legt sich gleich in voller Kleidung ins Bett und zieht die Decke über ihren Kopf. Nachdenken mag sie nicht, kann sie nicht, ihr Kopf schmerzt und der ganze Körper ist schwer wie Blei. Susi wünscht sie nur, endlich schlafen zu können. Schlafen und an nichts denken.

Die Bank hat die gesamte Ware für nur 30.000 Mark an einen anderen Bürobedarfshändler in Regensburg verkauft, doch im Gegenzug keinen einzigen Pfennig von der offenen Kreditsumme abgezogen. Als Grund werden Susi die hohen Zinsen, der Arbeitsaufwand und die Verantwortung den Anlegern gegenüber angegeben.
Der Richter will die aufgebrachte Susi beruhigen. „Ihnen kann es doch gleichgültig sein, wie hoch Ihr Schuldwert ist. Ihnen passiert nichts, doch die Bank hat Verpflichtungen."
Wie sollte Susi die Höhe ihrer Schuld gleichgültig sein können? Sie hat sich an sämtliche Absprachen gehalten und nun war ihre gesamte Ware verkauft und trotzdem der

Schuldenberg gewachsen. Sie fragt sich, wie sie das alles jemals abzahlen kann. Das scheint ihr komplett unmöglich und jeder Gedanke daran bringt sie schier zur Verzweiflung. Dabei kann sie schon seit Wochen an nichts anderes mehr denken.

Zu allem Übel hat Manfred sämtliche Verträge mit unterzeichnet und haftet nun in gleicher Weise. Die inzwischen eingetragene Gütertrennung hilft dem Paar leider nicht, denn sie greift erst nach einem Jahr.

Dieses Ausmaß hat sich Susi nicht vorstellen können und ihr scheint alles, was sie regeln will, völlig aussichtslos. Sie kann gar nichts mehr tun und fällt in eine tiefe Depression. Sie bleibt einfach im Bett und zieht die Decke über ihren Kopf. Nicht einmal zum Essen mag sie aufstehen und sich schon gar nicht ankleiden.

„So kenne ich dich gar nicht", kritisiert Manfred.

Anett versucht, ihre Mutter aufzuheitern. Sie animiert sie täglich, mit ihr und dem Hund in der schönen Umgebung spazieren zu gehen. Manchmal gelingt es ihr. Und manchmal fahren sie sogar ein Stück hinauf ins Gebirge und laufen dort in den Wäldern.

André tröstet: „Ärgere dich nicht, Mutti. Wenn du es nicht versucht hättest, hättest du dich immer gefragt, ob es geklappt hätte. Ein Scheitern ist keine Schande, wirklich nicht. Und

die, die es besser wissen, sollen es erst einmal selbst versuchen oder den Mund halten."
Das sind weise Worte eines sehr jungen, aber klugen Mannes. Und genau an diese Worte klammert sich Susi immer, wenn es ihr besonders schlecht geht. Und so langsam beteiligt sie sich an den abendlichen Gesprächen, wenn André, Manfred und Anett von ihrer Arbeit in Halsbrücke erzählen.

Halsbrücke

André hat das Lager verkleinert und die drei Schreibtische aus den oberen Büroräumen ins Erdgeschoss geholt. Nun sitzt er an einem dieser Tische, bedient das Telefon und die Kunden. Sein Vater übernimmt den Außendienst und Anett die Buchhaltung.
Ein Lager benötigen sie nicht mehr, denn André hat mit einem Großhandels-Lager einen Vertrag abgeschlossen. Dorthin faxt er die täglich eingehenden Aufträge der Kunden, die von dort aus direkt zum Kunden geliefert werden. Das spart Platz, Geld und viel Arbeit. Und vor allem braucht er keine Mitarbeiter.
Ausgerechnet da erhält André die Einberufung zur Bundeswehr. Das ist ein denkbar ungünstiger Zeitpunkt und alle sind

kreuzunglücklich darüber. Er beantragt sofort eine Wehrdienstbefreiung und gibt als Grund seine Handelsfirma an, die er nicht verlassen könne. Doch darauf wird keine Rücksicht genommen. Er muss ein volles Jahr seinen Wehrdienst als Panzergrenadier in Marienberg leisten. Zum Glück ist Marienberg von Freiberg nur 40 Kilometer entfernt, von der Wohnung in Großhartmannsdorf nur 25 Kilometer, so dass er am Wochenende immer zu Hause sein und in der Firma nach dem Rechten sehen kann.

Im Winter ist die Fahrt nach Marienberg und zurück äußerst beschwerlich und manchmal wegen des vielen Schnees kaum möglich. Die Straßen sind hochverschneit und kaum passierbar, zumal oft LKW und Fahrzeuge mit Heckantrieb die Weiterfahrt blockieren. So braucht er manchmal länger als drei Stunden für die eigentlich recht kurze Strecke.

Ein Ortsteil von Marienberg ist der kälteste bewohnte Ort von ganz Deutschland, der nur 50 frostfreie Tage im Jahr hat. Deshalb lautet ein treffender Spruch: „In Marienberg gibt es nur zwei Jahreszeiten: Winter und strenger Winter."

„Mami, du musst mit nach Halsbrücke kommen!", bittet energisch Anett. „Wir brauchen dich im Büro, jetzt, wo André nicht da ist."

Susi nickt. Ihr ist die Ermahnung ihrer Tochter sehr peinlich und sie verspricht, ab sofort wieder mitzuarbeiten.

Gleich am nächsten Tag nimmt sie der Vater beiseite. Er macht ein sehr ernstes und besorgtes Gesicht.

„Ich muss dringend mit dir reden."

Susi glaubt, er will ihr ins Gewissen reden oder ihr gar Vorwürfe machen, weil sie sich so gehenlässt. Doch es kommt ganz anders.

„Du weißt, dass Uwe mit seiner Frau nach Malaysia abgereist ist. Ich weiß nicht, wann und ob er überhaupt wiederkommt. Und Lehmanns aus dem ersten Stock hat er vergrault."

„Aber Vati, dort will Uwe doch einziehen", erinnert ihn Susi.

„Will er das? Er hat sich nicht wieder geäußert. Und nun habe ich seit drei Monaten keine Mieteinnahmen mehr. Ich brauche das Geld dringend, um meinen Kredit abzahlen zu können."

„Verstehe."

„Kannst du nicht helfen?"

Susi denkt nach und schüttelt dann traurig den Kopf. „Mit Geld leider überhaupt nicht."

„Du kennst Mutti. Das Problem ist, dass keiner aus dem Ort zu ihr ins Haus ziehen will."

Susi verzieht den Mund zu einem schiefen Lachen, obwohl es nicht wirklich lustig ist, dass die Mutter von den Leuten aus dem Dorf als so unerträglich empfunden wird.

„Mir wäre am liebsten, ihr zieht bei uns ein."

„Wie stellst du dir das vor? Wir haben im Gebirge das große Haus."

Der Vater nickt. „Das stimmt. Doch eure Arbeit ist jetzt wieder hier in Halsbrücke."

Susi nickt: „Das stimmt. Ich rede mit Manfred und den Kindern. Wir finden eine Lösung, ganz sicher."

Der Vater wischt sich verstohlen über die Augen. „Ich habe so sehr gehofft, dass du das sagst, Mädel. Auf dich ist eben Verlass." Er wendet sich verlegen ab und verlässt schnell das Haus.

Manfred und Anett sind sofort einverstanden, nach Halsbrücke zu ziehen.

Anett verkündet: „Ich wohne in den beiden leeren Büroräumen über dem Lager. Im hinteren kann ich schlafen, im vorderen wohnen und eine kleine Küche gibt es auch. Unten ist die Toilette mit Dusche, das ist perfekt für mich. Und dort hole ich mir einen eigenen Hund, der nur auf mich hört."

Susi lacht.

„Du lachst. Ich kümmere mich fast ganz allein um den Hund. Trotzdem hört er mehr auf dich als auf mich."

Manfred winkt ab. „Wir müssen das Bad modernisieren und die Küche ausmessen und schauen, ob alles passt. Das wird nicht einfach."
Doch insgeheim freut er sich, denn nun erkennt er seine gewohnte Susi, die schon eine Zeichnung der Wohnung angefertigt hat und die Möbel auf dem Papier einrichtet.

Zwei alte Schulfreunde von Susi fliesen die Böden in Flur, Küche und Bad, bauen eine Wanne, ein neues WC und ein modernes großes Waschbecken ein. Die Küchenmöbel aus Großhartmannsdorf passen wie maßgefertigt, die Mitarbeiterküche samt Essecke sogar perfekt in die Küche der Eltern, die nun ihre alten Schränke, den Propangasherd, Tisch und Stühle entsorgen können. Bereits einen Monat später findet der Umzug statt.
Der Vater umfasst beide Hände seiner Tochter. „Ich bin dir so dankbar, Mädchen. Ich hätte nicht gewusst, wie ich den Kredit zurückzahlen soll."
„Ach, ich lebe gern wieder hier im Haus. Es ist alles so schön geworden und außerdem bequem, weil gleich nebenan unser Bürohaus steht. Sind 400 Mark Miete genug?"
Der Vater nickt. „Mit so viel habe ich gar nicht

gerechnet, denn Lehmanns zahlten nur 80 Mark." Er fährt sich umständlich mit der Hand über den Kopf. „Tut es dir nicht weh, das große Haus in Großhartmannsdorf zu verlieren?"
„Nein." Susi schüttelt den Kopf. „Die meisten Leute hängen mehr am Haus und Auto als an Freunden und Verwandten. Dabei ist alles, was für Geld zu haben ist, ersetzbar."
„Ich weiß schon lange, dass du so denkst", sagt der Vater.
„Manfred und die Kinder sehen es ebenso. Mach dir keine Gedanken, uns geht es gut."
Die Mutter fragt sicherheitshalber im Gemeindeamt nach, denn ihr scheinen 400 Mark Miete für eine Wohnung von 45 Quadratmeter zu günstig. Doch der Bürgermeister zeigt ihr den Mietspiegel und beweist ihr, dass sie eigentlich die Obergrenze bereits überschritten hat. Das will sie zwar nicht glauben, gibt sich aber vorerst zufrieden.

André findet in Freiberg eine kleine Wohnung. Sie ist nicht komfortabel, doch für einen jungen Mann erst einmal ausreichend. Wohnraum ist im Osten nach wie vor knapp. Keiner mag mehr in den alten heruntergewirtschafteten Wohnungen bleiben, die meist noch Ofenheizungen und zum Teil Toiletten im Hausflur haben, aber höchst selten über ein Bad verfügen. Es wird wohl noch viele Jahre dauern, bis diese Notsituation ausgestanden ist und es für jeden die passende Wohnung gibt.

Einige Monate später stehen Uwe und Yogita wieder im Elternhaus. Sie tragen ihre Sachen ins ehemaligen Kinderzimmer von Susi und Ute. Kurz darauf poltert Uwe die Treppe herunter, reißt die Wohnungstür auf und schreit: „Wer war in unserem Zimmer?"
„Ute hat dort übernachtet, als sie zum Geburtstagsfest hier war", entgegnet die Mutter.
„Was erlaubt die sich? Die kann doch nicht einfach unser Zimmer betreten, wo unsere Sachen sind!"
„Sie hat doch nur oben geschlafen", verteidigt sich die Mutter. „Es ist ihr Bett", setzt sie leise hinzu.
„Es ist *mein* Zimmer!", schreit Uwe.
Die Mutter schüttelt den Kopf. „Du spinnst."

Susi setzt sich am Abend zu den Eltern in deren Stube. Sie geht davon aus, dass sich Uwe und Yogita dazu gesellen und sie einen netten Abend verbringen. Doch Uwe zieht ein finsteres Gesicht, als er sich in den Sessel fallen lässt.
„Ihr habt euch hier eingenistet, aber das nehme ich nicht hin", schimpft er. „Es ist mein Haus,

mein Erbe."

„Du hast noch zwei Schwestern", funkt der Vater dazwischen.

„Eben. Du sagst es: Schwestern. Der Erbe bin ich."

Susi lacht. „Wir leben hier nicht in der Steinzeit." Dann sagt sie ruhig: „Wir haben oben alles selbst ausgebaut und bezahlt, denn ihr wart weg und keiner wusste, ob ihr wiederkommt."

„Hätten wir uns bei dir abmelden sollen?" Dann wendet er sich an seinen Vater. „Sag ihr, dass sie sofort ausziehen soll!"

„Wir brauchen die Mieteinnahmen", erklärt der Vater.

„Miete? Das glaubt ihr doch selbst nicht, dass die", er zeigt auf Susi, „Miete zahlt. Die frisst sich mit ihrer Brut sogar mittags bei euch durch."

„Nun langt's aber! Auch dafür zahle ich und zwar Wirtschaftsgeld wie es sich gehört", verteidigt sich Susi. „Du tust hier keinen Handschlag, verschwindest, kommst wieder wie es dir passt und stellst obendrein seltsame Forderungen."

„Du hältst dein blödes Maul!", brüllt Uwe. „Du hast die Gesundheit vom Vater ruiniert."

Susi zuckt zusammen. Solch einen groben Umgangston ist sie von ihrem Bruder überhaupt nicht gewöhnt.

„Jetzt gehst du zu weit! Überhaupt kannst du in normalem Ton mit uns sprechen", mahnt der Vater.

„Eben nicht, ihr seid ja alle komplett verblödet", schreit Uwe weiter. „Ich brauche nur an unsere Hochzeit in Malaysia zu denken." Er winkt verärgert ab.

„Was meinst du damit?"

„Ich habe Tausende gezahlt und ihr nicht mal eure Hotelrechnungen."

Susi und der Vater schauen sich erschrocken an. Susi ist hochrot angelaufen. „Aber du hast uns ausdrücklich eingeladen", stottert sie unsicher. „Auf deine Kosten hast du gesagt."

„Das heißt noch lange nicht, dass ihr nicht einmal für Kost und Logis aufkommen müsst."

„Solche noblen Hotels, die du für uns gebucht hast, wären für uns viel zu teuer gewesen. Dabei hattest du ein riesiges Haus mit zwei oder drei Gästezimmern."

„Und du denkst, ich lasse da jeden rein?"

„Wir sind nicht *jeder*, wir sind deine Familie", sagt Susi leise. Sie ist tief getroffen, als sie begreift, dass Uwe ihnen nicht einen besonderen Aufenthalt schenken, sondern sie einfach nicht in seinem Haus haben wollte.

„Schmarotzer seid ihr!" Uwe spuckt die Worte abfällig in die Runde.

„Das sagt der Richtige", stellt Susi fest.
„Was schulde ich dir? Wie viel willst du haben? Sag´s!" Der Vater zieht seinen Geldbeutel aus der Hosentasche, seine Hand zittert dabei.
„Lass, Vati! Du bist ihm gar nichts schuldig, er hat sich hier genug durchgenassauert."
Yogita schreit ständig Bemerkungen auf Englisch dazwischen und Susi ist froh, dass die Eltern nichts davon verstehen. Sie hält ihren Bruder schlichtweg für unverschämt und erträgt es nicht länger zu hören, wie sehr er alle mit seinen Worten verletzt.
„Ich habe mit den Eltern was zu klären, was nicht für deine Ohren bestimmt ist", fährt Uwe seine Schwester an. Sie schaut fragend zu ihrem Vater. Der winkt ab. „Geh nur, Mädchen. Wir klären das allein."

Am nächsten Tag erfährt Susi, dass Uwe noch einmal wütend aufbrauste, weil die Eltern den Kreditvertrag nicht unterschrieben hatten. Er schiebt auch dafür die Schuld seiner großen Schwester in die Schuhe, wobei er wenigstens dieses Mal nicht ganz falsch liegt. Die Eltern hatten allerdings allein entschieden und sind noch im Nachhinein froh darüber.
Die Stimmung im Haus ist auf dem Tiefpunkt. Die Mutter weint oder schreit Vorwürfe hinaus in den Hausflur, der Vater spricht nicht mehr

und hält sich fast nur noch im Schuppen oder Keller auf. Yogita und Uwe stehen wie gehabt erst gegen Mittag auf und blockieren lange das elterliche Badezimmer, während Susi und ihre Familie zusammen mit den Eltern zu Mittag isst. Danach fangen sie an zu kochen. Ihre exotischen Gewürze durchziehen das ganze Haus. Die Eltern waren es bisher gewöhnt, Mittagsschlaf zu halten, kommen aber nicht mehr zur Ruhe. Die Mutter schließt sich in der Schlafstube ein, der Vater verlässt sofort nach dem Essen die Wohnung.
Zwei Wochen später sind Uwe und Yogita verschwunden. Sie hinterlassen einen bitterbösen Brief mit vielen Vorwürfen, der sich für Susi wie eine billige Abrechnung liest.
1. Ich habe bei meiner Hochzeit für alles bezahlt. Ich schrieb mehrmals, dass meine Frau katholisch ist und schwarz nur zu Trauerfeiern passt und nicht zu einer Hochzeit. Was hatte jeder an? Richtig! Schwarz!
„Das stimmt so nicht", stellt Susi richtig. „Nur Ute trug schwarz. Ihr hattet helle Kleidung und ich ein buntes Sommerkleid."
„Ich weiß". Der Vater nickt.
Diener, Reiseleiter und Mülhalde – mehr war ich nicht für Euch.
„Auch das stimmt nicht", ereifert sich Susi. „Er hat uns einfach irgendwo abgekippt und kam

nie zur verabredeten Zeit wieder. Wir saßen oft stundenlang wie verloren herum und wussten nicht, was wir machen sollten."

2. Wieso war Ute in UNSEREM Zimmer? Sie hat sogar unseren Fernseher benutzt ohne uns zu fragen.

„Ist das zu fassen?" Susi steht auf. Sie kann nicht mehr ruhig sitzen. „Er tut so, als hätte sich Ute an seinem Eigentum vergriffen, dabei ist es eigentlich ihr Bett."

Die Mutter weint und schnäuzt geräuschvoll in ihr Taschentuch.

3. Warum sollte ich etwas helfen? Ich habe das Haus nie bekommen und lasse mich nicht mehr ausnutzen.

Der Vater zuckt müde mit der Schulter. Susi versteht ihren Bruder nicht. Er war immer so hilfsbereit und freundlich. Offensichtlich wollte er mit Yogita hier leben, hat sich alles anders vorgestellt und ist nun bitter enttäuscht. Doch sein Verhalten ihr und den Eltern gegenüber findet sie abscheulich.

Der Unfall

November 1995. Susi freut sich, dass Andrés Wehrdienstzeit in wenigen Wochen vorüber ist. Im Moment absolviert er ein Manöver auf einem

Truppenübungsplatz in Nochten.
Susi liegt in ihrem Bett. Sie hat das Licht bereits gelöscht und hört Manfred leise schnarchen. Sie denkt nicht mehr so oft an das Scheitern des großen Bürohauses im Gebirge und ist zufrieden, ihre Familie um sich zu haben. Angestellte gibt es keine mehr und damit ist die Verantwortung geschrumpft. Andrés kleine Handelsfirma muss nur die Familie ernähren. Gehälter können sie sich zwar keine auszahlen, aber der Gewinn reicht, um alle vier Herzogs zu ernähren, die Miete für die Wohnungen aufzubringen und der Mutter Wirtschaftsgeld zu geben.
Sie weiß, dass auch Manfred in seinen Aufgaben aufgeht, am liebsten erarbeitet er Angebote für Büroeinrichtungen. Anett ist stolz darauf, ganz allein die komplette Buchhaltung der Firma in der Hand zu haben. Nur ihr Durchfall, unter dem sie seit ihrem Umzug in den Osten leidet, macht ihr Sorgen.
Endlich schläft Susi ein.

Plötzlich wird sie von einem lauten Knall geweckt, der ihren ganzen Körper durchdringt. Sie schnellt hoch. Auch Manfred sitzt erschrocken im Bett und dreht das Licht an. Nach einer kurzen Orientierung merken sie, dass der ohrenbetäubende Lärm aus der Stube nebenan kommt. Genau um Mitternacht sind der Fernseher, das Radio und damit sämtliche Lautsprecher auf voller Lautstärke angesprungen. Manfred schaltet schnell sämtliche Geräte ab.

„Wie kann das passieren?", fragt Susi erschrocken. „Haben wir Geister oder Gespenster in der Wohnung?"

„Quatsch!" Manfred lacht und küsst Susi auf die Nasenspitze. „Du kennst doch das verrückte Stromnetz hier. Schlaf einfach weiter!"

Susi kuschelt sich in ihre Decke. Und genau da kracht es wieder und alle Lautsprecher dröhnen furchtbar laut. So laut, dass man nicht einmal erkennen kann, ob es Musik oder technische Geräusche sind.

„Das verstehe ich nicht. Ich habe doch alles abgestellt", wundert sich Manfred und schaltet noch einmal sämtliche Geräte ab. „Du zitterst ja. Komm her!"

Susi wehrt Manfreds Hand ab. Sie sitzt im Bett und zieht sich die Decke bis übers Kinn. „Mir ist so schlecht", klagt sie. „Irgend etwas Schlimmes muss gerade passiert sein. Ich habe plötzlich große Angst, weiß aber nicht, wovor."

„Sei nicht albern, Schatz! Du bist nur erschrocken. Ich weiß nicht, warum die Technik spinnt. Schlaf einfach!"

Doch Susi findet keine Ruhe. Irgendwann kuschelt sie sich an Manfred und fällt in einen unruhigen Schlaf.

Am Morgen ist sie wie gerädert.
Kaum sitzt sie an ihrem Schreibtisch, öffnet sich die Tür und zwei Polizisten stehen vor ihr.
„Manfred!", schreit sie und ist erleichtert, dass er heute Morgen im Büro und nicht unterwegs ist. Sie will hören, was die Polizisten zu sagen haben, aber sie will es nicht allein hören.
„Ihr Sohn liegt im Klinikum Chemnitz. Er hatte einen Unfall. Es sieht nicht gut aus. Sie sollen schnell kommen, wenn sie ihn noch …" Der Polizist räuspert sich. „Fahren Sie hin!"

Auf der Intensivstation finden Susi und Manfred ihren Sohn. Er ist an unzähligen Schläuchen angeschlossen. Neben ihm stehen Geräte, die ständig piepsen, fiepen, ticken und zischen. Das Zischen kommt von einer Maschine, die ihn beatmet. Ein dicker Schlauch führt direkt in seinen Hals.
„Ein Intubationsschlauch. Wir mussten einen Luftröhrenschnitt durchführen", erklärt ein sehr junger Mann. „Ihr Sohn liegt im Koma. Er hat mehrere Rippen- und Knochenbrüche und eine tiefe Schnittwunde am Hals. Das Kinn ist zertrümmert. Wir haben ihn erst einmal

notoperiert und stabilisiert. Nun müssen wir abwarten." Der Arzt macht eine Pause und sucht nach Worten. „Wenn wir glauben, ihn zur CT ..."

„Pardon?"

„Hirntopographie. Wir müssen den Kopf untersuchen. Doch im Moment ist Ihr Sohn nicht transportfähig."

„Nicht transportfähig", wiederholt Susi.

„Er müsste ins Militärkrankenhaus geflogen werden, schließlich ist er kein Zivilist. Doch das geht nicht. Wir können ihn nicht bewegen, nicht einmal in die Radiologie. Wir wissen nicht, ob er weitere innere Verletzungen hat."

Susi nickt. „Heißt das ...?"

„Das heißt gar nichts. Dazu wissen wir zu wenig. Ihr Sohn ist jung und hat ein außergewöhnlich starkes Herz. Möglich ist alles."

„Was denn alles?", haucht Susi irritiert.

Der Arzt hebt wie entschuldigend die Arme, dreht sich um und geht. Susi schaut ihm fassungslos hinterher. Eine Schwester schiebt Susi sanft in Richtung Krankenbett. „Reden Sie mit ihm. Schimpfen Sie, wenn Sie das normalerweise tun. Vielleicht hört er Sie. Das weiß keiner so genau. Aber vielleicht hilft es."

Manfred steht hinter Susi. Er umfasst mit seinem rechten Arm ihre Schulter, bringt aber

kein Wort über die Lippen. Mit vor Schreck weit aufgerissenen Augen betrachtet er seinen Sohn zwischen all der Technik, die ihn künstlich am Leben hält.
„Du dummer Kerl!", schluchzt Susi. „Musste das sein?" Sie legt sanft ihre Hand auf Andrés Finger, die unter einem Verband orangerot hervor lugen. „Wir kommen jeden Tag und schauen, wie es dir geht. Ich werde die Schwester fragen, ob wir dir Musik mitbringen dürfen. Dann hörst du das blöde Gefiepe nicht mehr und wirst schneller gesund."

André war nach der körperlich sehr anstrengenden Truppenübung von Nochten aus viele Stunden mit dem Zug zurück nach Marienberg gebracht worden und von dort aus sofort mit seinem Auto nach Chemnitz gefahren, wo er mit Freunden in einer Kneipe versackte. Viel Alkohol, nichts gegessen und all das nach einer Woche Zeltlager voller millitärischer Übungen und wenig Schlaf. Zum Schluss schoben ihn die Freunde in sein Auto, mit dem er frontal gegen einen Baum fuhr. Zum Glück im Unglück passierte dieser Unfall mitten in der Stadt, so dass André schnell gerettet und ins Krankenhaus gebracht werden konnte. Das Fahrzeug ist nur noch halb so lang und als solches eigentlich überhaupt nicht mehr zu erkennen. Das Lenkrad steckt fast in der Rückenlehne und es ist ein großes Wunder, dass aus diesem Blechklumpen ein Mensch herausgeschweißt werden konnte.

Susi und Manfred fahren jeden Nachmittag ins Chemnitzer Klinikum, vierzig Kilometer durch den dichten November-Nebel. Meist sind die Straßen leicht überfroren, glänzen und blenden im Licht der Scheinwerfer. Sie versuchen, über Probleme in der Firma zu sprechen, doch meist sitzen sie nur schweigend nebeneinander und wagen nicht, das zu denken, was sie befürchten.
Nach zwei Wochen ruft am frühen Vormittag eine Schwester an. „Der Chefarzt erwartet Sie elf Uhr in seinem Zimmer."
Susi und Manfred schließen das Bürohaus ab und fahren sofort nach Chemnitz.
„Ob sie inzwischen ihre Untersuchungen machen konnten und uns jetzt das Ergebnis mitteilen?" Aus den Augenwinkeln sieht Susi, dass Manfred hilflos mit der Schulter zuckt.
„Was erlauben Sie sich?", wettert der Chefarzt nach einer kurzen Begrüßung. „Wenn Sie mein Personal nicht respektieren, dann lasse ich Sie nicht mehr zu ihrem Sohn!"
„Moment!" Susi knetet ihre Hände. Dann hebt sie einen Arm. „Sie wollen uns gar nichts

Schlimmes über den Zustand unseres Sohnes sagen, sondern sind nur verärgert, weil ich in meiner Not irgend etwas zu einer Schwester sagte, was ihr nicht passte?"

„Ich dulde solch ein Verhalten nicht."

Susi nickt. „Sie dulden es nicht. Verstehe." Sie nickt wieder. Dann sagt sie leise: „Ich kann mich gar nicht korrekt verhalten in meiner Angst um mein Kind. Verstehen Sie das nicht? Wir lassen unsere Arbeit und unsere Existenz im Stich, weil Sie uns gerufen haben. Wir kommen hierher gezittert und Sie sagen, dass eine Ihrer Schwestern beleidigt ist."

„Wir haben Ihrem Sohn geholfen, obwohl er betrunken Auto gefahren ist. Das hätten wir gar nicht tun müssen."

„Sind Sie Gott, dass Sie entscheiden dürfen, wem sie helfen und wem nicht?" Susi schaut dem Arzt ins Gesicht. „Es ist nicht nur Ihre Aufgabe, sondern Ihre Pflicht zu helfen."

„Sie dürfen nicht mehr auf die Station." Der Chefarzt greift nach seinem Kalender, der vor ihm auf dem Tisch liegt, steht auf und ist im Begriff, den Raum zu verlassen.

Susi springt auf und hält den Mann am Kittel zurück. „Sie wollen, dass Ihre Patienten gesund werden. Und unser Sohn kann nur gesund werden, wenn wir ihn täglich besuchen und ihm beistehen. Das wollen Sie ganz sicher nicht verhindern."

Plötzlich kann sie nicht mehr weitersprechen. Sie sinkt auf den Stuhl und fängt an zu weinen. Ihr ganzer Körper zittert. Manfred nimmt sie in den Arm und schaukelt sie sanft hin und her. Er achtet nicht auf den Arzt, der grußlos den Raum verlässt. Erst, als sich Susi beruhigt hat, streicht er ihr die Haare aus der Stirn und zieht sie nach oben. „Komm! Wir gehen jetzt zu André."

„Und wenn sie uns nicht lassen?"

„Das glaube ich nicht."

„Ich habe mich wie ein dummes kleines Schulmädchen schimpfen lassen."

„Nein, das hast du nicht. Du hast ruhig und gefasst geantwortet. Mir hat das gut gefallen. Und nun komm!"

Drei Wochen dauert es, bis André aus seinem Koma erwacht. Er reißt sich im ersten Impuls den Beatmungsschlauch aus dem Hals und öffnet weit seinen Mund. Es sieht aus, als ob er schreit. Doch es kommt kein Ton aus seinem Mund und seine Eltern wissen nicht, was er ihnen vermitteln will. Es muss wichtig und dringend sein, denn André schaut sie aus entsetzt aufgerissenen Augen an und wirkt verzweifelt. Zwei Schwestern und ein Arzt laufen eilig hin und her.

„Gehen Sie! Sofort!", ruft ein Mann. Susi sieht, wie Andrés Hände an der Liege festgebunden werden und möchte zurück laufen, um ihm zu helfen. Doch sie werden energisch aus der Tür geschoben.
Erst später erfahren sie, dass man mit solch einem Loch im Hals keine Stimme hat. André hat sich den Schlauch zwei Mal völlig vergebens herausgerissen. Er hörte sich deutlich und wurde wütend, weil er nicht glauben konnte, dass seine Eltern ihn nicht verstehen.

Wenige Tage später finden Susi und Manfred ihren Sohn in der Chirurgie in einem normalen Krankenhausbett.
„Reden Sie mit Ihrem Sohn!" Die Stimme der Schwester klingt streng. „Er darf nicht aufstehen."
„Ach was, ich gehe auf Klo, wenn ich muss und nicht, wenn die Trulla meinen Schniedel ins Glas stopft." André lacht. Doch sein Lachen hat etwas Gehetztes. Ständig schaut er sich um, als erwarte er etwas Unangenehmes. „Scheiße! Ich bin in der falschen Krankenkasse."
„Das verstehe ich nicht. Gibt es da Unterschiede?", wundert sich Manfred.
André antwortet nicht. Er bittet: „Bringt Suppe mit! Hier gibt's nur Puddingsuppe, die hängt mir

zum Hals raus."

Sein Kiefer ist bereits zwei Mal operiert, doch kauen kann er immer noch nicht. Susi will empört ins Arztzimmer laufen und sich beschweren, weil ihrer Meinung nach ihr kranker Sohn mit Puddingsuppe nicht zu Kräften kommen kann. Manfred hält sie zurück. „Denke an den Chefarzt der Intensivstation und halte dich einmal in deinem Leben zurück! Das gibt nur Ärger, wenn du jeden anblaffst. Wir bringen ihm Suppe mit und gut."

„Bitte erwarten Sie nicht, Ihren Sohn so zu sehen wie Sie ihn kennen", sagt der Arzt.
„Was genau meinen Sie?", hakt Susi nach.
„Nun ..." Der Arzt sucht nach Worten. „Wissen Sie, Ihr Sohn hat eine Verletzung im Kopf, die wir nicht operieren können."
„Zum Glück. Das fehlte noch."
Manfred stößt Susi grob in die Seite und wirft ihr einen mahnenden Blick zu. „Bitte sprechen Sie weiter!", fordert er den Arzt auf.
„André leidet unter Wahnvorstellungen."
Susi reißt erschrocken die Augen auf. „Er war doch ganz normal."
„Nun, er hat wohl lichte Momente." Der Mann verschränkt die Arme vor der Brust. „Er glaubt, er sei Soldat."
„Das ist er auch", platzt Susi dazwischen.

„Richtig. Doch er hält sich für einen Franzosen und meint, er liege im Lazarett von Guyana."
Das mag Susi nicht glauben. André hat sich ganz normal Suppe bestellt und gesagt, dass er lieber auf Toilette geht statt ins Glas zu urinieren. Doch dann erinnert sie sich an sein seltsames Lachen, das ihr wirklich einen Schrecken eingejagt hat.
Der Arzt hebt beide Arme. „Das kann sich alles verlieren. Ihr Sohn hat viel Kraft und einen schier unbändigen Lebenswillen. Ich glaube, das hat ihn überhaupt gerettet. Denn es ist ein Wunder, wie gut er diese vielen ungemein schweren Verletzungen und Operationen wegsteckt. Zu Weihnachten können Sie ihn abholen, doch im Februar muss er für weitere Operationen in die Klinik zurück."

Am nächsten Tag bringen sie einen Thermosbehälter voller Rinderbrühe mit. Susi hat die Gemüse-Beilagen fein püriert, damit sie André problemlos schlucken kann. Manfred packt eine ganze Batterie verschiedener Energiedrinks in den Nachtkasten. Danach suchen sie den Arzt auf, während Anett bei ihrem Bruder bleibt.
„Wie hast du es geschafft, die Eltern aus Malaysia herzuholen?"
„Malaysia?"

„Na, sie wohnen doch dort."

Anett hebt hilflos die Schultern.

„Nicht?" Andrés Stimme klingt unsicher. Dann wird er wütend. „Was geht hier ab? Wollt ihr mich alle verarschen?"

„Nein, ganz sicher nicht. Uwe lebt in Malaysia, die Eltern in Halsbrücke wie ich."

André fasst sich an den Kopf. Anett sieht ihm an, dass er ihr nicht glaubt. Er ergreift wie in Panik ihre Hand und schaut sich hektisch um. „Ich bin so froh, dass ich aus diesem Schlachthaus raus bin. Aber in Gefahr bin ich immer noch."

„Von welchem Schlachthaus redest du?"

„Na, in diesem Lazarett haben sie den Leuten bei lebendigem Leibe die Organe heraus geschnitten."

Anett schüttelt energisch den Kopf.

„Doch! Ich habe sie schreien hören. Dann sind sie zu mir gekomen. Ich konnte nicht weg, weil ich festgebunden war. Ich habe genau gehört, dass sie sagten, ich hätte die falsche Krankenkasse."

Anett küsst ihren Bruder und streichelt sanft über seinen Arm. Sie weiß nicht, was sie darauf erwidern soll und beschließt, sich auf seine Geschichte einzulassen. „Vielleicht hat dich das wirklich gerettet. Jedenfalls bist du jetzt nicht mehr in Gefahr, sondern Weihnachten wieder

daheim."
André lässt sich sichtlich beruhigt in sein Kissen fallen.

Das Weihnachtsfest bedeutet für alle eine Art Wiedergeburt von André. Er ist blass und recht still, doch seine Familie überglücklich, dass er bei ihnen ist und die Knochenbrüche gut verheilen. Nur sein Gesicht wirkt seltsam schief. Doch am schlimmsten sieht sein Hals aus, wo eine tiefe dunkelrote Narbe quer unter dem Kinn direkt über die Gurgel verläuft, als wäre er stranguliert worden. Susi kann gar nicht hinsehen, so gruselig und erschreckend ist dieses Bild.

1996

Das Leben in Halsbrücke empfinden alle als sehr angenehm. Es gibt keine Angestellten mehr und somit weder Verantwortung noch Ärger und schon gar nicht vor Gericht.
Manfred und André sind den ganzen Tag bei Kunden unterwegs, während sich Susi und Anett um die Büroarbeit und die Auftragsbearbeitung kümmern. Anett schläft gern lange, sitzt dafür lieber am späten Abend über ihrer Buchhaltung. Wenn die Männer am

Nachmittag zurück im Büro sind, unternehmen die beiden Frauen lange Spaziergänge mit den Hunden.

„Anett, was wünschst du dir zum 20. Geburtstag?"

„Ein Kind."

Belustigt mustert Susi ihre Tochter. „Hübsch verpackt und mit Schleife drumrum?"

„Du hattest auch schon mit 20 ein Kind."

„Stimmt. Doch ich hatte auch einen Freund. Von allein kommen die Kinder nun mal nicht. Ein Freund auch nicht. Dazu musst du wohl oder übel vor die Tür gehen und etwas unternehmen."

„Ich gehe nun mal nicht gern aus."

„Aber es wird keiner an deine Tür klopfen, während du in den Fernseher schaust." Susi kichert, doch Anett zieht ein beleidigtes Gesicht.

„Gib doch eine Anzeige auf!", schlägt sie vor.

Anett zuckt mit der Schulter. „Irgendwie peinlich, meinst du nicht?"

„Nein, eigentlich nicht. Es lesen schließlich nur die Leute Heiratsanzeigen, die einen Partner suchen."

Knapp zwei Wochen später wirft Anett ein Paket auf ihren Schreibtisch.

„Was ist das?", will Susi wissen.

„Das sind meine Männer." Anett kichert. „Ich habe die Kiste soeben im Büro der *Freien Presse* abgeholt, alles Antworten auf meine Annonce."

„Du hast tatsächlich eine Heiratsanzeige aufgegeben?"

„Hast du doch gewollt." Anett schaut ihre Mutter lächelnd an. „Ich bin eine brave Tochter und mache alles, was meine Mami verlangt."

Susi lacht schallend. Ihr gefällt Anetts Schlagfertigkeit, über die sie sich täglich amüsiert. Überhaupt muss sie zugeben, dass das Zusammensein mit Anett seit gut einem Jahr sehr angenehm ist. Sie können sich über alles unterhalten. Anett ist eine ausgezeichnete Zuhörerin und sagt immer unumwunden und sehr direkt ihre Meinung, was Susi ausgesprochen gut gefällt.

„Es sind 132 Briefe."

„Du lieber Himmel! Da hast du jetzt viel zu lesen."

„Ach, ich lese nur die mit Bild. Und zuerst schaue ich sowieso, ob es vom Alter her passt. Der Typ sollte nicht älter als 24 sein."

Zum Schluss bleiben nur vier Kandidaten übrig, die Anett kennenlernen will. Mit jedem trifft sie sich in einem nahen Gasthof und immer nimmt sie ihren Hund Gipsy mit. Der verkürzt schon das erste Treffen, denn er bellt bei der

Begrüßung derart wütend, dass dem jungen Mann die Lust auf eine Unterhaltung vergeht.

„Umso besser!", kommentiert Anett das abgebrochene Stelldichein.

Der zweite lädt sie zu einem Rockkonzert nach Schwarzenberg ein. Doch dorthin kann Anett ihren Hund nicht mitnehmen. Also sagt sie kurzerhand ab.

„Ist das nicht unklug von dir?", will Susi wissen. „Das Konzert hätte dir sicher gefallen."

„Er hat nicht einmal gefragt, welche Musik ich mag und weiß nicht, dass ich solche Menschenmassen nicht ausstehen kann. Er hat einfach vorausgesetzt, dass ich mich freue. Das kann nicht gut gehen."

Mit dem dritten jungen Mann will sie sich noch einmal treffen.

„Der vierte und letzte ist ein komischer Kauz", erzählt Anett. „Er heißt Heiko. Die ganze Zeit hat er mich entweder angestarrt oder zur Seite geschaut, geredet hat er praktisch gar nichts."

„Vielleicht ist er schüchtern?", vermutet Susi.

„Das auch, doch ihm war vor allem das Treffen furchtbar peinlich."

„Das verstehe ich nicht. Schließlich hat er sich auf deine Anzeige gemeldet."

„Dazu hat ihn mehr oder weniger seine Mutter gezwungen."

Susi schüttelt den Kopf.

„Seine Mutter meint, er müsse sich jetzt, da er 23 Jahre alt ist, endlich eine Frau suchen."
Wieder schüttelt Susi den Kopf.
Anett klatscht in die Hände. „Du wirst es nicht glauben, er wohnt hier in Halsbrücke."
„Ehrlich?", ruft Susi aus. „Na, wenn das kein Zeichen ist."
„Es gibt noch mehr Zeichen", strahlt Anett. „Denn genau am Valentinstag haben wir uns zum ersten Mal gesehen. Und mein Hund mochte ihn sofort. Er hat nicht einmal geknurrt und auch nicht gebellt."
„Du siehst ihn also wieder?" Susi hat längst bemerkt, wie begeistert Anett diesen schweigsamen Jungen beschreibt.
„Vielleicht." Anett zuckt mit der Schulter und lacht.

Anett hat sich vollkommen verändert, seit sie mit Heiko zusammen ist. Sie ist viel ausgeglichener, lacht sehr oft und findet alles um sie herum ganz wunderbar. Heiko zieht bald darauf zu Anett in die kleine Wohnung über dem Büro. Ab Herbst ist er bereits bei jeder Familienfeier dabei. Heiko hat zwei Berufe: Lagerarbeiter und Holzmechaniker und möchte unbedingt in der Firma mitarbeiten.
„Diesen jungen Mann hat uns der Himmel geschickt", jubelt Susi. „Er macht Anett

glücklich und uns gleich mit."

1997

Das Jahr beginnt mit einer Katastrophe: Susis Vater erleidet einen Herzinfarkt. Zu allem Übel erlaubt die Mutter nicht, dass Susi ihren Vater im Krankenhaus besucht.
„Ich weiß, dass du Ärzte nicht leiden kannst. Du stellst lauter dumme Fragen, statt die Ärzte in Ruhe ihre Arbeit machen zu lassen. Die wissen, was sie tun."
„Sicher. Aber du, willst du denn nicht wissen, was sie tun?"
„Nein. Ich vertraue ihnen."
„Auch, wenn man jemandem vertraut, kann und soll man ihm Fragen stellen dürfen."
Da war es wieder! Schon als Kind sagte man Susi, dass sie nicht so viele Fragen stellen soll. Heute mit 42 Jahren weiß sie, dass der moderne Mensch keine Fragen erträgt. Er setzt sie mit Zweifel und Widerspruch gleich. Kaum jemand ist in der Lage, eine einfache Frage sachlich zu beantworten. Die meisten Leute nehmen sie persönlich und wehren sich heftig, oft mit direkten Angriffen auf Susis Charakter. Das ärgert sie nach wie vor, doch sie respektiert den Wunsch der Mutter.

Als der Vater nach der Herzoperation und einer anschließenden Kur wieder daheim ist, wirkt er sehr verändert. Er ist still geworden und sitzt meist draußen auf einer Bank.
„Mädchen, ich kann nicht einmal in meinem Garten arbeiten", beklagt er sich.
„Aber du kannst hier sitzen und ihn genießen. Du hast keine Schmerzen."
„Schmerzen nicht, dafür Angst."
Erschrocken dreht sich Susi zu ihrem Vater. Er hat sich früher immer sehr abfällig über Leute geäußert, die Angst haben. Und nun spricht er offen über seine eigenen Ängste. Susi ist bestürzt und umarmt ihn.
„Erzähle!", bittet sie.
„Warum habt ihr mich zurück geholt? Mir wäre all das erspart geblieben." Seine Stimme klingt matt und resigniert.
Susi versteht erst eine Minute später, was genau der Vater meint.
„Du wärst lieber gestorben als die Operation zu ertragen?"
Der Vater nickt. Er verträgt die furchtbar vielen Medikamente nicht und noch weniger seine Untätigkeit. Er hat sein Leben lang schwer körperlich gearbeitet und fühlt sich nun völlig untauglich, zu nichts zu gebrauchen. Er ist nicht einmal in der Lage, seine geliebte Posaune zu

blasen, dazu fehlt ihm die Luft. Da er ganz ohne das Musizieren nicht existieren kann, ist er auf Tenorhorn umgestiegen und achtet darauf, nicht mehr im Stehen zu spielen. Doch selbst dazu fehlt ihm meist die Kraft.

Susi spricht mit Anett darüber und ist erstaunt, dass ihre Tochter den Opa sofort versteht. Ihr ist ihr eigener Klinikaufenthalt als Säugling noch lebhaft in Erinnerung, obwohl das gar nicht möglich ist. Es ist eine tiefe Lebenserfahrung, denn Angst und Schmerzen sind keine gute Basis für einen Start ins Leben.
„Mami, ich möchte, dass du mir versprichst, mich niemals in solch eine schlimme Situation zu bringen."
„Aber wie stellst du dir das vor?"
„Ganz einfach. Du lässt mich in Ruhe sterben und rufst keinen Notarzt."
„Ich weiß nicht, ob das geht."
„Ich will aber, dass du mir das versprichst. Hörst du?"
„Ich glaube, man ruft in seiner ersten Not sofort den Arzt."
„Aber jetzt weißt du, wie es Opa ergangen ist. Er empfindet keine Lebensqualität mehr, er existiert nur noch. Das ist furchtbar."
Susi nickt.
„Und falls ich einmal an Schläuchen hängen

sollte oder im Koma sein, dann musst du die Geräte ausschalten."

„Hätte ich das etwa bei André auch machen sollen?"

Anett zuckt mit der Schulter. „Das war ein Unfall. Außerdem wollte er das nicht. Aber ich will das."

„Nun, wenn du es so willst, dann soll es so sein", beschließt Susi. Sie nimmt ihre Tochter fest in den Arm. „Du kannst dich auf mich verlassen."

So sicher wie ihre Stimme klingt, fühlt sich Susi bei weitem nicht. Im Grunde teilt sie Anetts Meinung und versteht sie ebenso wie ihren Vater, doch wie sie im Ernstfall handeln würde, das weiß sie trotzdem nicht. Sie weiß nur, dass man ein Versprechen halten muss.

„Wir werden am 7.7.97 heiraten", verkündet Anett. Susi umarmt ihre Tochter und ruft: „Oh! Das freut mich. Ich wünsche euch ganz viel Glück."

„Typisch!", schimpft Susis Mutter. „Ihr denkt nur an euch."

„Wie meinst du das?"

„Vatis 70. Geburtstag ist am nächsten Tag. Wie soll das gehen? Alle werden nur von der Hochzeit reden, dabei ist es *sein* Fest." Wütend steht sie auf und wirft die Tür hinter sich zu.

„Mach dir nichts draus!", tröstet Susi ihre Tochter. „Du kennst sie doch. Wenn sie nicht im Mittelpunkt steht, ist sie sauer. Sie soll ein Tafellied dichten und vortragen, dann ist ihre Welt wieder in Ordnung."
Anett kichert.

Anett ist die schönste Braut, die Susi jemals in ihrem Leben gesehen hat. Sie trägt ein weißes Seidenkleid mit einem schmalen Oberteil aus Spitze und einem weiten Rock. Ihre blonden Locken schauen unter einem kurzen Schleier hervor, Haare, Hals und Ohren schmücken weiße Perlen. In der Hand hält sie einen Brautstrauß aus gelben Edelnelken mit pinkfarbenen Sprenkeln. Sie strahlt derart glücklich, dass sämtliche Gäste ganz hingerissen sind und jeder zurücklachen muss. Heiko trägt ein weinrotes Jackett und hat nur Augen für seine schöne Braut.
Susi hat für den Tag ihr rotseidenes Festdirndl gewählt, Manfred einen dunklen Anzug. Anetts zwei Cousinen und eine von Heiko bilden die Brautjungfern. Alle vier Mädchen sind im gleichen Alter und fühlen sich sichtlich wohl in ihrer Rolle. André filmt die Zeremonie und das Fest und macht viele Fotos. Nur einen der Gäste mag André weder filmen noch fotografieren. Es ist Biankas Freund, der im

schlichten Poloshirt, Jeans und Sportschuhen zur Trauung erscheint. Susi zischt ihrer Schwester zu: „Wie kannst du dem Jungen erlauben, so zur Hochzeit zu erscheinen?"
„Ich verstehe dich nicht. Du bist doch sonst nicht für Äußerlichkeiten."
„Du irrst dich. Jeder hat seinen ganz bestimmten Grund, sich so und nicht anders zu kleiden. Biankas Freund zeigt deutlich seine Missachtung. Du trägst schließlich genau wie deine Tochter ein passendes Abendkleid."
„Du hast immer was an anderen auszusetzen. Biankas Freund ist ganz lieb und nicht so ein doofer Lagerarbeiter wie Heiko." Ute dreht sich um und lässt ihre Schwester einfach stehen.
Nach der Trauung wird die Hochzeit in einem Dorfgasthof mit vielen Späßen, Gesang und Tanz bis in die frühen Morgenstunden gefeiert.

Am Tag darauf findet zu Ehren des 70-jährigen Jubilars ein Grillabend im Garten mit vielen Gästen statt, die zum großen Teil schon die Hochzeit mitfeierten. Zusätzlich kommen mehrere Geschwister von Susis Vater mit ihren Partnern. Es wird noch einmal ein sehr lustiges Fest. Nur der Vater wirkt bedrückt. Er beteiligt sich nicht an den Späßen, singt kaum mit und lächelt nur matt. Susi glaubt nicht, dass es nur daran liegt, dass er wegen der vielen

Medikamente keinen Alkohol mehr verträgt. Er macht eher den Eindruck, dass er des Lebens überdrüssig geworden ist. Das stimmt Susi traurig.

Sie nutzt oft mit ihren Eltern und Kindern das schöne Sommerwetter zu einem Grillabend draußen im Garten. An einem dieser Abende teilt sie ihren Eltern mit, dass sie nach Chemnitz ziehen werden, weil der Verkauf ihrer Bürowaren rückläufig ist. Die Familie hofft, dass sie mit einer besseren Lage in der Großstadt bessere Geschäfte machen kann.
„Anett und Heiko werden hier einziehen und mit André das Büro weiterführen. Doch sie werden spätestens in zwei Jahren nachkommen und ebenfalls in Chemnitz leben und arbeiten."
„Ich will aber nicht, dass die beiden Lärm machen", schimpft Susis Mutter.
Susi lacht und schüttelt den Kopf. „Aber Mutti, noch ruhiger als Anett und Heiko wird kaum ein junges Paar sein."
Der Vater sagt nichts. Er wirkt sehr bedrückt.
„Es tut mir leid, Vati. Doch wir müssen sehen, dass unser Geschäft läuft. Wir leben davon, alle fünf. Vielleicht findet ihr später einen netten Nachmieter."
Susi ist nicht wohl in ihrer Haut, denn den Eltern werden beim Auszug von Anett und

Heiko nicht nur die Mieteinnahmen fehlen, sondern auch das Zusatz-Einkommen, das sie für ihre Hilfe im Geschäft beziehen. Doch sie weiß, dass Manfred recht hat und sie nicht auf Dauer ihr Leben nach den Eltern richten können. Sie haben alle fünf darüber gesprochen und sind sich einig, dass sie nach Chemnitz ziehen müssen.

Nur Heiko hat ein mulmiges Gefühl. Er war noch nie fort aus Halsbrücke, nie im Urlaub und schon gar nicht in einer großen Stadt. Seine Eltern beschuldigen Anett, ihnen mit dem Umzug den Sohn zu nehmen. Sie sind sowieso nicht zufrieden mit ihrer Schwiegertochter, die sich weigert, ihrem Mann am Abend die Kleidung für den nächsten Tag hinzulegen und viel zu spät zu Abend isst. Heiko möchte wie früher daheim bereits 18 Uhr essen, während Anett vor 21 Uhr keinen Hunger verspürt.

„Wie habt ihr das Problem gelöst?", will Susi wissen.

Anett lacht. „Ganz einfach, wir treffen uns in der Mitte, also um 19:30 Uhr. Wenn er schon vorher essen will, kann er sich gern allein eine Schnitte machen." Wieder lacht sie. „Nicht einmal das macht er, weil seine Eltern meinen, für die Hausarbeit inklusive Kochen ist allein die Frau zuständig."

Baby Tim

„Das Kind kommt im Juli, genau ein Jahr nach der Hochzeit", jubelt Anett. „Weißt du, es ist seltsam, doch ich fühle mich nicht wie eine Frau und schon gar nicht wie eine Mutter. Ich glaube, dass ich ewig ein Kind bleibe."

„Ja, *mein* Kind." Susi lacht. „Ich sehe dich sehr wohl als Frau und kann dich mir gut als wunderbare Mutter vorstellen."

Doch der Frauenarzt weist Anett schon nach der ersten Blutuntersuchung in die Klinik ein, da er eine Infektion vermutet.

„Ich glaube das nicht. Ich habe nur ein anderes Blut als andere Menschen. Das ist bei mir normal", erklärt Anett dem behandelnden Arzt im Krankenhaus.

„Dann unterschreiben Sie, dass Sie auf eigene Verantwortung die Behandlung ablehnen! Wenn Ihr Kind stirbt, haben Sie das Ihrem Starrsinn zuzuschreiben."

„Ich bin nicht stur, sondern vorsichtig. Womit wollen Sie denn behandeln?"

„Wir müssen mit speziellen Medikamenten sicherstellen, dass die Infektion abklingt und Ihrem Kind nicht schadet."

„Doch Ihre Chemie wird meinem Kind

schaden."

„Es ist Ihre Entscheidung. Kommen Sie dann nicht, wenn es zu spät ist."

Der Arzt legt Anett einen Stapel Papiere hin, die sie alle unterschreiben soll. Auf dem einen Blatt könnte sie unterschreiben, dass sie die Behandlung auf eigene Verantwortung ablehnt. Auf dem zweiten soll sie mit ihrer Unterschrift bestätigen, dass sie für die empfohlene Behandlung inklusive der möglichen Nebenwirkungen die volle Verantwortung trägt. Wie soll Anett als Laie solch eine schwerwiegende Entscheidung treffen können? Heiko beschwört seine Frau, dem Arzt zu vertrauen und in die Behandlung einzuwilligen. Susi dagegen rät Anett, allein auf ihr Gefühl zu hören. Anett ist ratlos. Schließlich sagt sie sich, dass ihr Mann der Vater des Kindes ist und seine Meinung mehr Gewicht hat als die ihrer Mutter.

Drei Wochen bleibt Anett in der Klinik und hat während der gesamten Zeit große Angst um die Gesundheit ihres ungeborenen Kindes. Doch sie schluckt alle Medikamente, die man ihr reicht, wenn auch mit einem sehr ungutem Gefühl.

Am 21. Juli 1998 setzen die Wehen ein. Susi begleitet Anett in die Klinik nach Chemnitz, die sie auf den Rat des Frauenarztes ausgewählt hat. Dort gibt es die modernsten Möglichkeiten, der Gebärenden und dem Kind zu helfen und es stehen eine ganze Reihe Fachärzte zur Verfügung, falls etwas schief gehen sollte.

Auch Heiko sitzt mit im Auto. Er zappelt nervös mit den Beinen und kaut an den Fingernägeln.

„Geht es dir gut?"; fragt er Anett immer wieder.

„Aber ja. Ich bin nicht krank, mein Liebling, ich kriege nur unser Kind. Beruhige dich!"

Heiko beruhigt sich nicht. „Ich kann nicht mit in den Kreißsaal, das halte ich nicht aus."

„Das musst du auch nicht. Meine Mami ist dabei. Du kannst draußen warten, wenn du willst."

Heiko nickt.

Aller halben Stunde schaut Heiko mutig in den Kreißsaal, drückt kurz Anetts Hand und rennt wieder hinaus.

„Wenn meinem Kind etwas passiert, bin ich erledigt. Und wenn meine Frau stirbt, bringe ich mich um", jammert er.

Susi nimmt ihn fest in den Arm. „Eine Entbindung bringt Schmerzen, aber am Ende großes Glück. Bleib einfach hier sitzen. Ich gehe wieder hinein zu Anett."

Als Susi in den Kreißsaal zurück kommt, sitzt Anett nicht mehr auf einem großen Ball, sie liegt auf einer Liege. Ein Arzt beugt sich herunter. Als er sich aufrichtet, sieht Susi, dass er eine lange Nadel aus dem Unterleib ihrer Tochter zieht.

„Was machen Sie da?", schreit ihn Susi an.

„Raus! Schaffen Sie die Frau raus!"

Wie im Nebel taumelt Susi hinaus in den Warteraum und lässt sich schwer auf einen Stuhl neben Heiko fallen.

„Wir machen sicherheitshalber einen Kaiserschnitt", erklärt eine Schwester, bevor sie die Tür hinter sich schließt.

Susi sitzt wie gelähmt neben Heiko. Ihr tut der Kopf furchtbar weh. Der Arzt hat dem ungeborenen Kind eine Nadel in den Kopf gestoßen. Das kann nicht gut gehen. Und was heißt *sicherheitshalber einen Kaiserschnitt*?

„Die Ärzte wissen, was sie tun. Anett ist hier in guten Händen", versucht sie, Heiko zu beruhigen. Doch ihre Stimme klingt dünn. Sie glaubt selbst nicht, was sie da redet.

Manfred erledigt inzwischen einige Einkäufe in der Chemnitzer Sachsenallee. Obwohl das Einkaufszentrum über eine Klimaanlage verfügt, ist es drückend heiß. Im Radio hat er gehört, dass es der heißeste Tag des Jahres ist mit einer Rekordtemperatur von 38 Grad im Schatten. Er fährt die Rolltreppe vom

Obergeschoss hinunter und schaut hinauf zum Dach. Der soeben noch strahlend blaue Himmel verdunkelt sich. Ein greller Blitz schießt quer über die Dachöffnung, gleichzeitig kracht ein unglaublich lauter Donnerschlag. Das Dach schließt sich und der Himmel wird nachtschwarz. Manfred ist plötzlich unheimlich zumute. Er glaubt nicht wie Susi an Zeichen, doch er ist froh, dass sie bei Anett ist und nicht hier. Sie hätte sofort hysterisch ihre Kinder angerufen, um sich zu vergewissern, dass alles in Ordnung ist. Kurz ist es im Zentrum stockdunkel, dann flackert das Licht und dank vieler Lampen ist es wieder taghell. Die Menschen laufen geschäftig hin und her, als hätte keiner von ihnen bemerkt, dass sich von einem Moment auf den anderen der sonnige Tag in eine finstere Nacht verwandelt hat.

Auch Susi hat den Donnerschlag gehört und ist dabei zusammengezuckt. Das Licht ist plötzlich weg und sie sitzt im Dunklen neben Heiko, der hektisch nach ihrer Hand greift. Eilig hasten Schwestern vorbei. Sie rennen die Treppen hinunter und hinauf, rütteln an Türen, die sich plötzlich nicht automatisch öffnen und schließen. Dann flackern die Lampen und es wird wieder hell.
Schließlich bleibt eine Frau neben ihnen

stehen.

„Sie haben einen Sohn", teilt sie Heiko mit.

Heiko zittert. Er spürt, dass die Frau noch mehr sagen will.

„Ich habe so etwas noch nicht gesehen."

„Wie geht es meiner Frau?", unterbricht Heiko.

„Alles ist gut verlaufen."

„Und was ist mit dem Kind?", fragt Susi.

„Ich weiß es nicht." Die Ärztin hebt bedauernd die Schulter.

„Anett geht es gut. Anett geht es gut." Heiko bewegt seinen Körper im Takt der Worte vor und zurück. Er steht offenbar unter Schock, doch keine Schwester hat Zeit für ihn. Susi legt ihren Arm um seine Schulter und hält mit dem anderen seine Hand. Es beruhigt sie, etwas zu tun zu haben.

„Für einen Moment war der Strom weg, kein Licht im OP, kein Fahrstuhl."

Susi hört nur mit halbem Ohr hin. Sie will nur wissen, wann sie Anett und das Kind sehen kann.

Anett liegt blass, aber gefasst in ihrem Bett.

„Die Schwestern wollten mir Beruhigungsmittel geben. Doch das will ich nicht. Ich will auch nicht in ein Einzelzimmer. Ihr dürft morgen Tim sehen."

„Tim heißt er? Wie schön." Susis Stimme zittert.

Heiko legt seinen Kopf auf Anetts Schulter und sie streichelt langsam über seine Haare.

Der kleine Tim liegt im Brutkasten. Er sieht ganz normal wie ein friedlich schlafender Säugling aus. Nur aus seiner Nase lugt ein durchsichtiger Plastikschlauch.

„Ich glaube nicht, dass das Kind lebensfähig ist", setzt der Arzt an. „Anett hat mir von ihrer Krankheit erzählt. Ich kenne zufällig den Bericht über sie, weil ich damals in Leipzig studierte, als sie dort in Behandlung war." Der Mann seufzt. „Nun habe ich sie persönlich kennen gelernt."

Ganz offensichtlich weiß er nicht, was er noch sagen soll.

Am nächsten Tag sitzt Anett im Bett, als Susi sie besucht. „Ich war bei Tim."

„Darfst du denn schon aufstehen?"

Anett schüttelt den Kopf. „Dürfen darf ich nicht, aber ich wollte mein Kind sehen. Die Schwester hat mir einen Gang im Keller gezeigt, durch den ich zur Kinderklinik gelangen konnte. Mami, er ist so schön! Ich habe ihn aus dem Kasten genommen und an mich gedrückt."

„Aber … "

„Wer sollte mir das verbieten? Es ist mein Kind. Ich kann ihm gar nicht schaden."

Susi umarmt ihre Tochter. „Du hast recht."

„Nun ist alles gut."

Fragend schaut Susi Anett an.

„Er ist gestorben."

Susi schießen die Tränen aus den Augen, doch Anett bleibt ruhig. „Die Schwester hat es mir vorhin gesagt, doch ich wusste es längst. Alles ist gut. Ihm hat keiner weh getan. Er musste nicht so leiden wie ich damals."

„Es tut mir so leid, mein Engel."

Anett lächelt. „Mein Kind ist ein Engel, ich nicht."

Susi ist völlig fassungslos. „Und du willst trotzdem hier im Zimmer bleiben mit den drei anderen Frauen und ihren Babys?"

„Ja. Ich werde auch draußen in der Stadt jeden Tag Babys und Kinderwagen sehen. Das ändert nichts."

Susi nickt. Doch sie ist zutiefst geschockt und unendlich traurig. Anett hat sich dieses Kind so sehr gewünscht und nun hat es nur zwei Tage gelebt und sie konnte es nur wenige Minuten im Arm halten.

„Wenn wir Glück haben, erfahren wir eines Tages, warum mein Kind sterben musste."

„Der Arzt ..."

„Der Arzt sagt, ich kann weitere Kinder bekommen. Doch ich will nicht noch einmal schwanger werden und mein Kind solch einem Risiko aussetzen. Ich habe ein Kind gewollt und habe eins bekommen. Vielleicht ist es besser, eins zu adoptieren, das keine Eltern hat."

Susi weiß, wie sehr sich Anett ein Kind wünscht und wundert sich, dass ihr Mädchen nie um Tim weint, während Susi heftig um den geplatzten Traum ihrer Tochter trauert. Der Schmerz um Anett erdrückt sie fast.

„Heiko wird jede Nacht wach und schreit, weil er glaubt, ich sei gestorben. Ich muss ihn dann immer lange trösten und ihm versichern, dass ich niemals sterbe."

„Das ist ja furchtbar!", ruft Susi aus.

Es heißt, man müsse akzeptieren, dass Kinder sterben. Gott würde Kinder, die ihm besonders lieb sind, zu sich rufen. Susi hält das für eine böswillige Erfindung. Sie glaubt an keinen Gott. Angeblich erkennt man später in allem Schlimmen auch das Gute. Was soll gut daran sein, dass der kleine Tim gestorben ist?

Anett stellt einen Antrag auf Adoption. Dabei erfährt sie, dass sie mit 22 Jahren noch viel zu jung ist und noch drei Jahre warten muss. Außerdem will das Amt sicher sein, dass die Trauer um ihr eigenes totes Kind vorüber ist.

Später stören sich die Beamten daran, dass Anett und Heiko im Familienbetrieb zu wenig verdienen. Wenn arme Leute ein eigenes Kind bekommen, ist es kein Problem, doch eine

Adoption wird abgelehnt, wenn das monatliche Einkommen zu niedrig ist. Dass sie ein von der Firma bezahltes Auto fahren und kostenfrei Mittagessen erhalten, interessiert nur das Finanzamt, jedoch nicht die Adoptionsbehörde. Eher erhalten gut verdienende Paare, die älter als 40 Jahre sind und demzufolge längst Großeltern sein könnten, einen Säugling als junge Leute mit wenig Geld. Das versteht Susi nicht, denn ihrer Meinung nach benötigt ein Kind nur Liebe und Zuwendung und ganz sicher kein Geld.

Schicksalsjahr 2000

Die älteste Schwester von Susis Vater feiert im Januar ihren 75, Geburtstag und der jüngste Bruder zwei Tage später seinen 55. Beide leben wie der Vater in Halsbrücke, ebenso zwei weitere Geschwister. Zwei Brüder wohnen im nahen Städtchen Freiberg. Zum Fest kommen außerdem die beiden Schwestern von Ost- und Nordsee und der Bruder aus Bayern. Es fehlen nur die Schwester aus Kanada und die jüngste, die leider bereits verstorben ist. Der Vater genießt die Zeit mit seinen Geschwistern sehr. Zwei Tage nach dem letzten Fest besuchen ihn alle seine Geschwister, um sich von ihm zu verabschieden. Eine Schwester greift nach dem Schneeschieber und will die Treppe freischaufeln.

„Das ist meine Treppe und somit meine Arbeit", schimpft der Vater. „Außerdem ist Schneeschippen keine Frauenarbeit. Ihr kriegt jetzt alle noch einen Schnaps, dann muss der alte Herr ins Bett."

So schnell lassen sich die Geschwister nicht vertreiben. Sie sitzen noch eine Stunde beisammen und schwelgen in Erinnerungen aus der Kindheit in Pommern und erzählen sich lustige Begebenheiten.

Nachdem sie schließlich alle aus dem Haus sind, sitzt der Vater zufrieden in seinem Sessel und schaut sich eine Sendung im Fernsehen an.

„Hast du das gesehen?" Seine Frau zeigt auf den Bildschirm, wo ein Mann einen hohen Berg hinauf klettert. Doch der Vater antwortet nicht. „Hörst du nicht, was ich sage?" Sie dreht ihren Kopf und sieht, dass ihr Mann friedlich schläft. Sie freut sich, dass er im Schlaf lächelt. Doch sie täuscht sich, er schläft nicht, er ist soeben gestorben.

Als Susi im Elternhaus eintrifft, sind wieder alle Geschwister in der Stube versammelt. Trautchen hat den Toten gewaschen, seine

Lieblingscordhose und die Weste übergezogen und das Kinn mit einem Tuch nach oben gebunden.

„Das macht man so, bevor die Leichenstarre eintritt", erklärt sie.

Trautchen führt mit ihrem Mann auf der Insel Sylt ein Beerdigungs-Unternehmen. Sie kennt sich aus und hat auch mit dem Freiberger Bestatter gesprochen, damit der Tote noch etwas länger als üblich bei seiner Familie bleiben darf.

Susi kauert sich vor das Sofa, auf dem der Vater liegt. Sie streichelt über sein Gesicht und küsst seine Hände, die gefaltet über seinem Bauch liegen.

„Das hast du gut gemacht, mein lieber Vati. Alle deine Geschwister sind hier und haben dich auf deiner letzten Reise begleitet. Das ist ein wunderbarer Abschied."

Nach einer Stunde reißt die Mutter das Fenster auf.

„Hier riecht es komisch. Es ist Zeit, dass er abgeholt wird."

Der Bestatter weint. Er kennt den Verstorbenen gut, der bei vielen Beerdigungen mit seiner Bläsergruppe die Trauerfeiern begleitete.

Zur Beerdigung des Vaters spielen alle seine Musikerfreunde, darunter zwei Cousins und ein Onkel von Manfred. Die vielen Bläser haben es dabei besonders schwer, denn sie müssen trotz ihrer Trauer um ihren Musiker-Kameraden den richtigen Ton treffen.

25. Oktober 2000. Seit einem reichlichen Jahr wohnen nun auch André, Anett und Heiko in Chemnitz - alle keine fünf Fußminuten voneinander und dem neuen Büro entfernt.
„Mami, ich muss dir endlich die Buchhaltung erklären."
„Lass´ mich mit dem Mist in Ruhe!" Susi mag zwar Zahlen, doch sie braucht viel mehr den Kontakt zu Menschen, zu Kunden.
„Du kennst nicht einmal die Passworte."
„Na und?"
„Und wenn ich mal nicht da bin? Du kommst nicht ins Bankprogramm."
„Dann bleibt das eben liegen bis du wieder da bist. So einfach ist das."
„Nein, so geht das nicht. Ich zeige dir jetzt, wie du ins Bankprogramm kommst und wie du Überweisungen machen kannst und eingehende Beträge sehen und buchen."
„Dazu habe ich keine Lust."
„Lust habe ich auch nicht immer."
Nun muss Susi lachen. Anett kommt ihr so weise vor, so vernünftig. Noch immer kichernd zieht sie sich einen Stuhl an Anetts Schreibtisch und hört aufmerksam den Erklärungen zu. Sie

macht sich sogar Notizen, weil das Programm komplizierter ist als sie glaubte. Doch sie verliert schnell die gute Laune, als Anett ihr auch noch die Buchungen zeigen will, die für den Steuerberater nötig sind.

„Wenn du mich noch weiter nervst, fahre ich ohne dich nach Annaberg", droht sie.

Annaberg ist eine kleine Stadt oben im Erzgebirge und für beide der absolute Lieblingsort. Wenn Ware nach Annaberg ausgeliefert werden muss, fahren sie immer gemeinsam hin. Meist verbinden sie solch eine Tour mit einem Mittagessen in einem Gasthof und einem Einkaufsbummel. Beide mögen den Landhausstil und finden im Gebirge oft eine schöne Bluse oder Jacke ganz nach ihrem Geschmack.

Heute nehmen sie die Hunde mit und wollen das schöne Wetter zu einem langen Spaziergang im Gebirge nutzen. Sie steigen einen Hang hinauf und haben einen wundervollen Ausblick auf die umliegenden Hügel und Wälder.

„Mir tut der Unterleib so weh", beklagt sich Anett.

Susi wundert sich, denn ihre Tochter hat noch niemals Schmerzen oder Übelkeit erwähnt. Sie verschwieg schon als Kind, wenn es ihr schlecht ging. Meist merkte Susi nur, wenn sie zum Beispiel Anett übers Haar strich, dass sie hohes Fieber hatte.

Kurz darauf hat Anett einen Hustenanfall. Sie klopft sich auf die Brust, während sie seltsam krächzt. Susi ist plötzlich ganz unruhig und überlegt, wie das Dorf unten im Tal heißt, falls sie den Rettungsdienst anrufen muss. Doch Anett befiehlt schon wieder mit strenger und klarer Stimme die Hunde zurück, die gerade im Wald verschwinden wollten.

Susi schüttelt den Kopf über sich selbst und ihren albernen Gedanken, wegen eines gewöhnlichen Hustenanfalls die Rettung zu rufen. Sie versteht ihre Panik nicht, zumal sie seit vierzehn Jahren sicher weiß, dass Anett völlig gesund ist und nur ein etwas ungewöhnliches Blutbild hat, mit dem sie ganz normal leben kann. Susi schaut ihrer Tochter dabei zu, wie sie die Hunde zurecht weist und lächelt. Alles ist in Ordnung.

Kurz darauf geben sie die letzte Lieferung bei einem Kunden ab und fahren zurück nach Chemnitz.

„Wollen wir noch den Umweg über Thum nehmen und dann durch die Stadt?"

„Ich will heim", bestimmt Anett. Normalerweise sitzt sie während der Rückfahrt hinter dem Lenkrad. Doch heute wählt sie den Beifahrerplatz.

„Herold, ein ulkiger Ortsname."
„Ja", stimmt Anett zu. „Weißt du eigentlich, dass Andrés Zugang im PC Herold heißt? Dabei ist es so ein unscheinbares kleines Kaff und hat gar nichts heldenhaftes."
Susi lacht. Da sieht sie aus den Augenwinkeln, wie Anetts linke Hand nach unten zwischen die Sitze rutscht und als sie sich zur Seite dreht, wirkt das Gesicht ihrer Tochter seltsam. Sie hat die Augen geschlossen, aber es sieht nicht so aus, als ob sie eingeschlafen ist.
Susi greift zum Handy und wählt die 110. „Meine Tochter ist soeben gestorben. Ich stehe in Herold vor der Bäckerei."
Susi ist erschrocken über ihre eigenen Worte. Sie kamen wie automatisch aus ihrem Mund. Mund. Sie sollte Anett beatmen. Sie streicht ihr die Locken aus dem Gesicht und küsst sie. Sie versucht, alles so zu machen wie im Sanitätskurs gelernt. Doch sie weiß, dass es sinnlos ist. Sinnvoll wäre, Manfred anzurufen. Sie wählt seine Nummer.
„Es ist etwas schlimmes passiert. Kannst du nach Herold kommen?" Mehr kann Susi nicht sagen, die Stimme gehorcht ihr nicht. Und sie will auch nicht aussprechen, was sie eigentlich aussprechen müsste.

„Wo ist das Kind?", fragt der Sanitäter.

Susi zeigt auf das Auto. Irrsinnigerweise fällt ihr ein, dass der Mann nicht wissen kann, dass es sich gar nicht um ein kleines Kind handelt, sondern um ihr erwachsenes Kind. Sie beobachtet, wie der junge Sanitäter Anett aus dem Auto hebt und sie auf den Fußweg legt. Dort versucht er zusammen mit einer Ärztin die Wiederbelebung.

„Wir nehmen Ihre Tochter jetzt mit. Machen Sie sich keine Hoffnung, es sieht nicht gut aus."
Susi setzt sich auf den Bordstein am Straßenrand. Sie kann weder denken noch irgend etwas tun. Dort finden sie Manfred und André.
„Anett ist tot", bringt sie über die Lippen. „Sie haben sie mitgenommen."
„Wohin mitgenommen?"
Susi zuckt mit der Schulter.
„Hast du das Nummernschild gesehen?"
Susi schüttelt müde den Kopf.
„Ich vermute, sie ist in Annaberg. Dort fahren wir jetzt hin", bestimmt Manfred.
Er lässt sein Fahrzeug stehen und setzt sich ans Steuer von Susis Autos. Dort springen die Hunde auf. Die hatte Susi vollkommen vergessen.
„Hattet ihr einen Unfall?"
Wieder schüttelt Susi den Kopf. „Sie war plötzlich weg, einfach so, mitten im Gespräch."

Darauf wissen die Männer nichts zu sagen.
„Wir haben Heiko informiert. Er wollte nicht mit uns fahren, sondern seine Eltern anrufen und mit ihnen nachkommen."

„Wir konnten Ihre Tochter leider nicht zurück holen, sie ist gestorben", teilt ein Arzt der Familie mit.
Anett liegt auf einer Art Tisch. Sie sieht nicht aus, als ob sie schläft. Sie wirkt fremd. Das Gesicht ist unverändert, doch es fehlt das Leben, die Seele. Susi, Manfred und André schauen fassungslos auf den leblosen Körper. Sie sind wie erschlagen, denn keiner hat im Mindesten mit solch einer unvorstellbaren Katastrophe gerechnet. Susi wundert sich, dass sie nicht weinen muss. Sie spürt seltsamerweise keine Verzweiflung, sie spürt Liebe und hält es für eine Art Wahnsinn. Erst, als Heiko mit seinen Eltern hinzu kommt, können sie ihre Augen von Anett losreißen und gehen aus dem Raum, damit er von seiner jungen Frau Abschied nehmen kann.
„So traurig es ist, doch vielleicht ist Ihrer Tochter Schlimmeres erspart geblieben."
Erschrocken schaut Susi den Arzt an.
„Sie hätte gelähmt sein oder einen Hirnschaden haben können."
Susi fallen die Gespräche mit Anett ein, dass

sie ihre Mutter schwören ließ, ihr niemals eine fremdbestimmte Existenz als Fleischbatzen an Maschinen zuzumuten.

„Hätte ich ihr helfen können? Sie hatte unterwegs einen Hustenanfall. Hätte ich die Rettung rufen sollen?"

„Nein." Der Arzt schüttelt den Kopf. „Darauf hätten wir vermutlich nicht reagiert. Und selbst wenn, eine Lungenembolie hätten wir trotzdem nicht vermutet oder erkannt."

„Vor zwei Jahren starb ihr Baby. Danach musste sie sich gegen Thrombose spritzen. Kann das der Grund sein?"

Wieder schüttelt der Arzt den Kopf „Es ist müßig, sich über die Ursache das Hirn zu zermartern. Ein Blutgerinnsel kann sich auch auf der Toilette lösen, wenn Sie zum Beispiel zu harten Stuhl haben."

Susi wundert sich über diesen seltsamen Vergleich.

„Wir warten noch die Kripo ab. Die ist bereits aus Plauen unterwegs."

„Kripo? Wieso das?"

„Bei so jungen Menschen wie Ihrer Tochter gehört das dazu. Nach der Obduktion wissen wir mehr."

Der Arzt dreht sich um und will den Raum verlassen. Susi packt ihn derb am Arm.

„Sollten Sie es wagen, meine Tochter in Stücke

zu schneiden, mache ich das gleiche mit Ihrem Krankenhaus. Ich bin in der Stimmung dazu."
Der Arzt legt seine freie Hand auf Susis Hand, die sich noch immer in seinen Arm krallt.
„Ich werde mit den Beamten reden, versprechen kann ich nichts."
„Komm, wir gehen nach draußen." Manfred umfasst Susis Schulter und schiebt sie aus der Tür. Es bläst ein unangenehm kalter Wind und Manfred schlägt den Kragen von Susis Jacke nach oben. André steht ganz verloren neben seinen Eltern.
„Soll ich die Hunde mal raus lassen?"
Er muss irgend etwas tun, etwas, worauf er sich konzentrieren kann, um nicht vor Kummer und Gram verrückt zu werden. Manfred nickt und schaut seinem Sohn zu, während er Susi fest im Arm hält. Er sieht, wie ihnen eine Krankenschwester zuwinkt und geht schnell auf sie zu.
„Alles in Ordnung. Es ist keine Obduktion nötig, der Arzt hat mit der Kripo gesprochen. Sie können Ihre Tochter abholen lassen."
„Abholen?"
„Von …", die Schwester sucht nach einem passenden Wort, „einem Beerdigungsinstitut."

Während der Trauerfeier drückt etwas Schweres auf Susis linke Schulter. Sie versucht, herauszufinden, was das wohl sein könnte. Aber ihr Kopf ist selbst so schwer, obwohl er innen voller Watte zu sein scheint. Sie kann nicht mehr denken und ihre Gelenke nicht mehr steuern. Mühsam bewegt sie ihren Kopf ein Stück nach links. Das Etwas an ihrer Schulter zuckt. Es zuckt und wackelt in einem fort. Plötzlich fällt Susi ein, was das ist. Es ist ein Kopf, Andrés Kopf, der sich in seinem Schmerz an seine Mutter drückt. Den Sohn hat sie ganz vergessen. Sie sucht in Gedanken mühevoll nach ihrer Hand und bringt es schließlich fertig, sie unter Andrés Arm zu stecken.

Susis hat ihr Kind begraben, doch loslassen kann sie es nicht. Es heißt, man müsse akzeptieren, dass Kinder sterben. Doch wie sollte sie den Tod ihrer Tochter hinnehmen können? Noch weniger kann sie sich vorstellen, einfach so ohne Anett weiterzuleben. Anett war ihr Leben, das ist ihr inzwischen klar geworden. Die jahrelange Sorge um ihre Gesundheit steckt so tief in Susi drin, dass sie nun, da Anett nicht mehr lebt, keinen Lebenssinn mehr sieht. Wozu sollte sie am Morgen aufstehen? Ab und zu schleppt sie sich an den Computer. Doch nicht, um sich um die Buchhaltung oder ihre sonstige Arbeit zu kümmern. Sie sucht nur nach

Büchern, die ihr in ihrem Kummer beistehen können, obwohl sie bereits mehr als 20 von dieser Art hat. Menschen verstehen offenbar nicht zu trösten. Sie wünschen einen guten Tag oder ein schönes Wochenende. Wie sollte das funktionieren? Nie wieder würde es für Susi einen guten Tag oder ein schönes Wochenende geben, da ist sie sich sicher.

In einem der Bücher liest sie, das es wichtig ist, Trauer zuzulassen. Wer nicht trauert, verliert mehr und mehr seine Lebensenergie. Plötzlich ist Susi klar, weshalb Anett gestorben ist. Sie hat um ihr totes Kind nicht trauern können. Immer wieder betonte sie, dass sie nicht herzlos sei und doch keine einzige Träne um Tim weinen könnte. Sein in Plexiglas eingepasstes Bildchen trug sie immer bei sich und Susi gab es ihr mit ins Grab.

Sobald Susi die Augen schließt, nehmen furchtbare Bilder von ihr Besitz. Sie springt dann auf, läuft hin und her und presst dabei die Hände auf ihren Mund.

Sie weiß nicht, ob ihre Tochter sie jemals so sehr geliebt hat. Sie weiß nur, dass sie ihre Mutter immer brauchte, immer ihre Nähe suchte.

Susi vermisst ihre Gesellschaft, ihren Humor, ihr schallendes Lachen, die strahlenden Augen

und ihre Bereitschaft, ihr zuzuhören. Sie hat das Gefühl, dass sie kein Mensch auf der Welt so gut verstanden hatte wie ihre Tochter und ist sich sicher, dass ihr nie wieder jemand begegnen würde, bei dem es so ist.
In jeder Nacht geistert Anett durch Susis Träume – gleichgültig, ob sie Schlaf findet oder nicht. Doch es sind keine guten Träume. Darin sucht Susi immer ganz verzweifelt nach ihrer Tochter, sie hat sie verloren und kann sie nicht wiederfinden. Manchmal sieht sie sie, doch sie kann sich ihr nicht nähern, weil sie plötzlich verschwindet. Oft folgt ihr Susi durch enge verwinkelte Gassen und finstere Gänge, zwischen hohen Häusern und über endlose Treppen, doch sie kann Anett nie erreichen und wacht jedes Mal völlig erschöpft und in Tränen aufgelöst auf.

Susi, Manfred und André ertragen seit Anetts Tod keine Farben mehr und kleiden sich nur noch tiefschwarz. Am 1. März gehen sie gemeinsam in einen italienischen Gasthof, denn heute wäre Anetts 25. Geburtstag. Sie mochte die italienische Küche. Jeder sucht sich eine Speise aus, die vermutlich Anett geschmeckt hätte. Dann erheben sie ihr Glas Martini und überlegen, welcher Spruch wohl passt. Schließlich sagen sie nur: „Auf Anett."

In diesem Moment hört Eros Ramazotti auf zu singen und aus dem Lautsprecher erklingt „Time to say good bye" - das Lied, das gespielt wurde, als Anetts Sarg versank.
„Ein Zeichen. Anett ist bei uns." Laut sagen kann Susi diese Worte nicht, denn ihr zieht es die Kehle zusammen. Sie mag ihre Männer gar nicht anschauen und fängt hemmungslos an zu weinen. Manfred und André sind ratlos. Sie wissen, dass keines ihrer Worte Susi trösten kann, sind sie doch selbst untröstlich. Deshalb pflegen sie ein stilles Miteinander, bei dem keiner sprechen muss.

Zeit. Was ist schon Zeit? Soll sie doch rasend schnell vergehen oder in Zeitlupe dahinkriechen. Susi bedeutet sie nichts. Nichts hat irgend eine Bedeutung für sie. Manfred zuliebe steht sie irgendwann am späten Vormittag auf. Sie weiß, dass es auch ihm schlecht geht. Doch so lange er in ihrer Nähe ist, kann sie in ihre Verzweiflung eintauchen und ganz darin versinken.
Doch sobald sie am Tisch sitzt und ihr Blick auf Manfreds trauriges Gesicht fällt, fängt sie an zu weinen. Die Tränen laufen ihr übers Gesicht und tropfen auf Arme und den Teller. Wie sollte sie essen können? Und warum? Wie lange dauert es, bis man über den Tod von jemanden

hinwegkommt? Von jemandem, den man wirklich geliebt hat.

André ist seit Wochen nicht mehr im Büro gewesen und geht auch nicht ans Telefon. Manfred war schon mehrmals an seiner Tür und hat Sturm geläutet, doch er öffnete nicht.
„Ich rufe jetzt die Polizei", beschließt er.
„Polizei? Nein, das würde er uns nie verzeihen." Da ist sich Susi ganz sicher.
Sie gehen zusammen zu dem Haus, in dem André lebt. Die Haustür ist verschlossen. Sie klingeln. Doch vergebens, André meldet sich nicht und drückt auch nicht den Türöffner. Manfred wirft kleine Steinchen an seine Fenster. Auch darauf reagiert der Sohn nicht. Als schließlich eine junge Frau mit ihrem Kind aus dem Haus kommt, ergreifen sie die Gelegenheit und schlüpfen hinein. Sie klingeln und klopfen an die Wohnungstür, doch es regt sich nichts.
Susi befällt ein ungutes Gefühl. „Wenn ihm nun etwas passiert ist?"
„Was soll ihm denn passiert sein?"
„Vielleicht liegt er im Bad und kann nicht mehr aufstehen. Vielleicht hat er einen Hirnschlag, eine Lungenembolie oder er wurde überfallen."
Susi sieht grauenhafte Bilder vor ihrem geistigen Auge. Sie läuft die Treppe hinunter

und läutet an der Wohnung, die sich genau unter Andrés Wohnung befindet. Ein junger Mann öffnet.

„Sie entschuldigen. Mein Name ist Herzog. Ich bin die Mutter vom Mieter über Ihnen. Doch mein Sohn meldet sich seit Wochen nicht und ich mache mir deshalb große Sorgen. Hören Sie manchmal Schritte? Ich meine, ist Leben in der Wohnung über Ihnen?"

Der junge Mann nickt. „Doch. Manchmal höre ich Schritte, nicht oft. Aber da ist jemand. Ganz sicher."

„Vielen Dank", murmelt Susi, doch die Tür ist längst wieder geschlossen. Sie hört, wie Manfred gegen Andrés Tür hämmert. Der Lärm schallt durchs ganze Treppenhaus. Schließlich mischt sich der Nachbar ein. „Sind Sie verrückt geworden? Ich rufe jetzt die Polizei."

„Hörst du, André? Dein Nachbar ruft die Polizei, wenn du jetzt nicht öffnest."

Susi hört einen Schlüssel im Schloss drehen. Sie knetet ihre Hände. Dann sieht sie ein erschreckend graues Gesicht durch den Türspalt lugen, das eher einem Greis als ihrem Sohn ähnelt.

„Wie siehst du aus? Was ist passiert? Lass uns sofort rein!"

Manfred schiebt Susi grob zur Seite. André schaut seinen Vater regelrecht flehentlich an.

„Ich komme jetzt rein zu dir. Mutti geht inzwischen heim."

Susi will protestieren. Sie lässt sich nicht fortschicken. Sie will sehen, wie es ihrem Sohn geht. Doch Manfred drückt sie weg von der Tür und schlüpft schnell hinein. Susi erhascht einen Blick auf Andrés nackte Beine, die nur aus Haut und Knochen bestehen. Der Flurboden ist über und über mit Papier und Kleidung belegt. Dann ist die Tür geschlossen. Im ersten Impuls will Susi gegen die Tür hämmern. Doch sie weiß, dass es zwecklos wäre. Resigniert sinkt sie auf die Treppe. Der Steinboden ist hart und kalt, lange kann sie dort nicht bleiben. Also steht sie auf und geht nach Hause. Der Hund springt erfreut an ihr hoch. An den hatte Susi gar nicht gedacht. Sie nimmt die Leine zur Hand und ruft: „Komm, wir gehen in den Wald."

Vorsorglich steckt sie ihr Handy ein, falls sich Manfred meldet. Der Waldspaziergang tut ihr gut. Sie überlegt, weshalb sich ihr Sohn so gehen lässt. Und so langsam merkt sie, dass sie sich selbst um nichts und niemanden mehr gekümmert hat und nur mit ihrem eigenen Kummer beschäftigt ist. André wird es ähnlich gehen wie ihr selbst. Ihr fällt ein, dass er während der ersten Wochen nach Anetts Tod erst am späten Abend nach Hause ging. Wollte er seine Eltern trösten? Oder brauchte er eher

selbst viel mehr Trost? Genau genommen hat sie ihren Mann und ihren Sohn einfach im Stich gelassen. Das ist unverzeihlich. Ihre eigene Trauer ist ein gewichtiger Grund, doch keine Entschuldigung. Susi beschließt, ab sofort achtsamer mit sich selbst und vor allem mit André und Manfred umzugehen.
Sie versucht, ihren Rücken zu strecken und die Schultern gerade zu drücken, dabei wirft sie den Kopf in den Nacken. Sie sieht, wie es zwischen den dunklen Wolken hell wird, ein blaues Stück Himmel öffnet sich wie ein Fenster. Sie hat das Gefühl, dass gleich Anett herunter winkt und lächelt.

Kaum wieder daheim nimmt sie sämtliche Fotoalben der letzten 24 Jahre aus dem Schrank und blättert sie durch. Sie sucht nach Bildern von Anett, auf denen sie glücklich in die Kamera lacht. Es gibt viele solcher Bilder – Anett beim Spielen, am Strand, im Schnee, als Braut. Diese schönen Erinnerungen lässt sie in einem Fachgeschäft fotografieren und klebt sie auf ein riesiges Plakat, das ab sofort die Wand hinter ihrem Schreibtisch schmückt. Davor soll nun immer ein Strauß frischer Blumen stehen.
Jeden Morgen bemüht sich Susi, sich auf ihre Arbeit zu freuen. Sie schaut auf das schöne Plakat und redet sich ein, ihre Tochter sei

weiterhin bei ihr. Sie hofft, dass es ihr ab jetzt von Tag zu Tag besser gehen wird.

Ein neues Leben kann man nicht anfangen, aber täglich einen neuen Tag (Henry David Thoreau).

Bisherige Veröffentlichungen von Petra Weise:

Susis Geschichte bis zum Ende ihrer Haftzeit ist in **„Ein halbes Leben"** erzählt. Der Leser lernt ihre Familie kennen und erlebt die Situation, die zur Flucht aus ihrer sächsischen Heimat und der DDR führte.

Vom Start in ein freies Leben in der Bundesrepublik berichtet die Autorin in **„Ein ganz anderes Leben"**, das mit dem Fall der Mauer endet.

„Liebeslügen oder der ganz normale Wahnsinn" bietet 15 spannende Kurzgeschichten über die Liebe - wahre Liebe, vorgespielte Liebe, enttäuschte Liebe, betrogene Liebe. Glücksseligkeiten, die oft in Katastrophen enden.

„Mein Hund Benno – tierische Begegnungen" ist ein unterhaltsamer Roman über die Abenteuer der beiden komplett verschiedenen Familienhunde der Verfasserin.

„Eine verhängnisvolle Diagnose und 14 weitere Kurzgeschichten erzählen aus dem oft gar nicht alltäglichen Alltag der Autorin während der 80er Jahre.

Außerdem sind viele Kurzgeschichten von Petra Weise in verschiedenen Anthologien veröffentlicht.